IDENTITY

Écrit par Karen Porcher
Sur une idée de André Porcher
© 2021, Karen Porcher
Édition : BoD – Books on Demand, 12/14 rond-point des Champs-Élysées, 75008 Paris
Impression : BoD - Books on Demand, Norderstedt, Allemagne
ISBN: 9782322397792
Dépôt légal : Octobre 2021

~ PROLOGUE ~

Du coton... Je suis comme dans du coton... Les images devant moi sont floues. Je devrais être paniqué, je n'ai aucune idée d'où je suis. Ni de qui je suis d'ailleurs. Mais je me sens comme enveloppé de coton.
Alors que je commence tout juste à m'habituer à cette douceur, des voix, lointaines d'abord puis beaucoup plus fortes, viennent se fracasser contre mon cocon. Et elles finissent par le briser.

« Monsieur... Monsieur... Vous m'entendez ? »

Bien sûr que j'entends, et plus j'entends plus mon cocon se désagrège.
Plus j'entends, plus le coton se transforme en orties.
J'ai mal... Plus j'entends cette voix, plus je discerne ce qui se trouve devant moi et plus j'ai mal.
Pourquoi, pourquoi a-t-il fallu que l'on m'enlève de mon paradis ?
Je ne sais pas qui me parle que je hais déjà cette personne...

Ma tête est lourde, douloureuse, comme un poids mort. Malgré tout j'utilise le peu de forces que j'ai pour la tourner vers cette voix, essayant en plissant les yeux de discerner son visage.
Petit à petit, l'image se fait plus claire.
C'est une femme, la quarantaine, vêtue d'une blouse de médecin. Oui c'est ça c'est un médecin.

« Monsieur, vous m'entendez ? »

Je hoche la tête.

« Savez-vous ou nous sommes ? »

« A l'hôpital j'imagine »

Ces mots sortent telles des lames de rasoirs. Parler me fait mal, bouger me fait mal.

« Savez-vous pourquoi vous êtes ici ? »

Non. Putain non j'en ai aucune idée. Je tourne péniblement ma tête pour regarder mes bras sous perfusion et bandés, sentir la douleur me lacérer le ventre, me vriller la tête, me détruire

la jambe, me tordre la poitrine.
Comment tout cela est-il arrivé ?

« Nous pensons que vous avez été agressé. Vous avez été retrouvé dans une ruelle, à quelques rues de l'hôpital. Vous aviez été vraisemblablement battu et poignardé à plusieurs reprises. Vous avez de nombreuses fractures et vous avez dû être opéré plusieurs fois. Il y aura pas mal de rééducation mais tout devrait se passer pour le mieux. C'est un miracle que vous soyez encore en vie. Ravie de vous voir enfin éveillé en tous cas »

« Combien de temps... ? »

« Vous êtes avec nous depuis presque trois semaines »

Battu ? Poignardé ?
Merde, mais qu'est-ce qu'il s'est passé ?
Qu'est-ce que j'ai fait... ?

« Ho, une dernière question et ensuite je vous laisse vous reposer. Pouvez-vous me donner

votre identité ?
Vous n'aviez aucun papier sur vous quand vous êtes arrivé ».

Mon identité... Merde... Merde mais ça devrait être simple comme bonjour pourtant.
Qui ne connaît pas son identité?

Moi apparemment... J'essaie de me concentrer le plus possible jusqu'à en avoir mal au crâne, mais rien.
Aucun prénom, aucune lettre même ne me vient à l'esprit. De la famille ? Je n'en sais rien.
Suis-je blond, brun ? Ai-je 20 ans ? 50? 70 ?
Ou est-ce que je vis ? Quel métier je fais ?

Merde, mais je devrais au moins pouvoir répondre à une de ces questions ! Mais la, rien. Rien à part le vide abyssal dans mon esprit et mon effroyable mal de tête.

Voyant probablement ma confusion, le docteur s'empresse de me dire :

« Ne vous inquiétez pas, vous venez tout juste de vous réveiller et ces choses la prennent du temps.
Nous aurons l'occasion de revoir tout cela plus

tard. Ne paniquez pas et essayez de vous reposer ».

Ne paniquez pas... Elle est forte celle-là.
Je viens de me réveiller dans un hôpital après trois semaines de coma dues a une agression au couteau. Je ne sais pas qui je suis, ce que je fais dans la vie, quel âge j'ai, si j'ai une famille ou même à quoi je ressemble.

Si je ne dois pas paniquer par rapport à ça, à partir de quel moment c'est autorisé ?

~ PREMIER CHAPITRE ~

Je suis réveillé depuis trois jours maintenant. Mais, incapable de bouger, j'assiste, impuissant, au ballet incessant des aides soignants et infirmiers qui viennent changer mes perfs, changer mes poches d'urine, me faire ma toilette et j'en passe.
Je n'ai pas encore vu mon visage mais je n'ai pas pu le demander, j'ai été intubé si longtemps que chaque mot doit être méticuleusement préparé car parler me fait horriblement souffrir.
Mon esprit, par contre, fonctionne à plein régime. J'essaye comme je peux de découvrir qui je suis.

Je ne pense pas avoir perdu la tête. Mes pensées sont construites, cohérentes. Le problème ne se situe pas là.

«Les traumatismes crâniens peuvent causer des amnésies temporaires ou permanentes.»

C'est ce que la doc dit. Mais ça m'arrangerait vachement si ça pouvait être temporaire.
Je sais même pas si je suis quelqu'un de bien ou pas. Je n'ai que des monologues internes, et

je ne pense pas être le plus apte à décréter mon entrée au Paradis ou en Enfer.

Personne n'est venu me voir ou n'a appelé depuis que je suis ici. Ça peut vouloir dire plusieurs choses : que je suis un immonde connard que tout le monde déteste, que je suis quelqu'un d'extrêmement solitaire, ou que je devais partir quelque part pour une longue durée et que donc personne ne s'étonne de mon absence.

Il y a sûrement d'autres raisons mais je suis trop mal pour creuser plus loin que ça.

N'empêche, je sais pas qui je préférerais être. Mais je suppose que puisque je ne me rappelle de rien, je peux être qui je veux désormais. Repartir de zéro.

C'est le rêve de beaucoup de gens, mais j'aurais préféré éviter tout ce qui est coma, agression, douleurs, poche urinaire et tout le bordel. Ça rend le truc un peu moins fun.

Même si je n'ai toujours pas pu voir mon visage, je sais que je suis assez musclé. Mais mes muscles ont pris une sacrée claque avec le coma. Et sûrement que l'agression y est pas pour rien non plus.

Ça fait une semaine que je suis réveillé. J'arrive à mieux parler et j'ai donc pu demander à me voir dans le miroir.
Le moins qu'on puisse dire c'est que j'ai pas été déçu du voyage !

J'ai l'air du prince charmant. Qui s'est salement vautré mais quand même... Yeux bleus, cheveux poivre et sel, dents blanches. La petite quarantaine. De quoi faire mouiller les midinettes dans un rayon de cent mètres.
Je ne m'imaginais pas comme ça. J'aurais voulu avoir l'air un peu « badass ». Parce que le gendre idéal il fait peur à personne. On se dit pas qu'il s'est défendu à armes égales. On l'imagine plutôt pleurer sa mère.
Si j'avais eu l'air un peu plus effrayant, on aurait eu peur de voir l'état des autres en me voyant arriver.
Mais bon, bref, on choisit pas sa gueule alors je vais devoir vivre avec la mienne, c'est comme ça.

La doc à commencé des tests pour vérifier à quel point mon cerveau et ma mémoire ont été touchés.
Je me retrouve à dire « voiture » ou « fourchette » devant des pictogrammes à la con. Mais bon ça fait partie du jeu, et je pense que la rééducation physique sera bien pire. Et puis ça a l'air de lui faire plaisir à la doc que je reconnaisse les voitures. Tant que ça fait plaisir à quelqu'un.

Elle est sympa cette doc, empathique, patiente. Elle comprend mes difficultés. Elle comprend aussi quand je commence à saturer avec ses pictogrammes. Ou du moins elle fait sacrément bien semblant de comprendre. En même temps c'est tout ce que je lui demande.

J'arrive toujours pas à savoir qui je suis. On m'a demandé de me chercher un prénom. Un qui me convienne pour que je puisse me trouver une identité, à défaut de la vraie. C'est foutrement dur de se trouver un prénom. J'ai beau essayer, rien ne me convient. Y'a toujours un truc qui cloche. C'est sûrement pour ça qu'on a un prénom dès la naissance. Adulte, c'est impossible de se décider.
En plus de ça, je ne me connais pas. Comment

savoir si ça va coller à ma personnalité ? A moi, ou au moi que je suis censé être ? Arriverais-je à redevenir moi même ou est-ce que je suis désormais devenu un programme définitif de ma personne ?

C'est dur, j'ai pas l'impression d'avoir de personnalité définie et pourtant c'est obligatoire.
Même si je ne suis pas celui d'avant, j'ai un caractère et une personnalité qui me sont propres. Je suis moi, je suis venu au monde après mon coma.
Malgré tout, je me sens vide. Vide de tout. L'impression qu'il me manque quelque chose.
Et merde, personne est venu me voir, personne n'a déclaré ma disparition.
Je devais vraiment être un sale con. Il vaut peut être mieux que je sois celui que je suis maintenant.
Je prétend pas ne pas être un con, mais au moins j'attire un peu la sympathie des gens.
Ok... Du personnel de l'hôpital. Mais bon ils peuvent pas tous être de bons acteurs !
Ou alors faut que j'aille voir au sous sol du bâtiment, qui sait. Y'a peut-être un théâtre.
Ça m'occupera au moins, y'a vraiment que de la merde à la télé, c'est effarant.

C'est rempli de bulots avec deux de QI qui veulent tellement leurs deux minutes de « célébrité » qu'ils se foutent à poil la moitié du temps. La société me désole. Parce que si des gens sont capables de faire ça, c'est bien parce qu'il y a des gens, devant leur télé, qui n'attendent que ça.
Dépravés...

La rééducation physique a commencé. Je morfle comme jamais j'ai morflé. Ma jambe droite à pris cher aussi. Je fais des aller-retours tant bien que mal en me tenant à deux barres en fer.
J'ai l'impression que je vais m'endormir et crever à chaque fin de séance.
Crevé, éreinté... Mais je m'améliore, petit à petit. Ils me disent que ça va assez vite et que je peux espérer une sortie pas trop lointaine. Bon... ça veut pas vraiment dire grand chose, mais ils essayent de me remonter le moral.

Je me suis trouvé un prénom. J'ai décidé que je m'appellerais Eric. Je trouvais que c'était assez neutre, sans aucune connotation positive et négative.

L'assistante sociale de l'hôpital est venue me voir, histoire de me trouver un logement et des aides pour quand je sortirais d'ici.

Tout ça me paraît bien flou. Sortir... Pour faire quoi ? Pour voir quoi ? Qui ?

Ma vie repart totalement à zéro, je ne suis personne. Qu'est-ce que je vais retrouver en sortant ?

Comment je trouverais du boulot ? Je sais même pas quelles sont mes compétences...

C'est pas super viril, je sais, mais je flippe à mort. Je sais même pas si j'y arriverais ou pas.
Et comment je réagirais si rien ni personne ne m'attend jamais dehors...

~ DEUXIEME CHAPITRE ~

Ça commence à faire un moment que je suis à l'hosto. J'arrive à bien marcher, j'ai bien cicatrisé.
Je sais ce que ça veut dire. Je sais que ça sent le départ. J'essaye de pas y penser mais ça me revient en pleine tronche à chaque fois que je fais un progrès. Et la, y'a aucun progrès que je ne puisse pas faire de chez moi. Enfin dans l'appart que l'assistante sociale m'a normalement trouvé.

———————————————————
————————

La doc est venue dans ma chambre tout a l'heure, avec plusieurs infirmiers. Ils prenaient mes affaires, refaisaient mon lit. J'avais du mal à tout comprendre. Tout semblait à la fois très organisé et très confus.

« On va vous changer de service. La ou vous allez vous pourrez mieux vous préparer pour dehors »

J'ai demandé ou j'allais mais elle ne m'a pas répondu, feignant de ne rien entendre.
Ou est-ce qu'on emmène les gens sans rien leur expliquer ?

La réponse fut assez rapide à venir. J'étais dans le taxi ambulance quand nous sommes arrivés près d'un grand bâtiment, avec « ***SERVICE DE PSYCHIATRIE*** » écrit en lettres d'or.
Ok, alors voilà ou je vais passer ces prochaines semaines. Je comprend pourquoi la doc ne m'a rien dit, j'aurais jamais accepté. Mais maintenant que je suis devant, à quoi bon se battre ? Si je me bat, on va m'enfermer. Enfin, on va encore plus m'enfermer. La meilleure stratégie c'est de faire profil bas. Avec un peu de chance je resterais pas longtemps ici. Bien répondre aux questions et faire profil bas, ne pas causer de soucis. Normalement ça devrait le faire...

J'arrête pas de me dire ça... Mais alors pourquoi je flippe à ce point là ?

J'ai vu des infirmiers, des psychiatres, des psychologues... A tous je leur ai dit la même chose :

« La seule réponse que je peux vous donner c'est que je ne sais pas qui je suis, je n'ai aucun souvenir, mais je compte bien réussir à m'en créer dehors. »

Impossible de savoir si c'était une bonne réponse ou pas, ils ont tous fait cette même tronche impassible et passablement agaçante, sans rien dire.
On me donne des antidépresseurs et des anxiolytiques ici, soit disant pour me calmer les nerfs. Assez paradoxal quand on sait que ce qui me fout les nerfs c'est d'être ici.
Les autres patients ont des profils divers et variés : de 16 à 90 ans, du chômeur au PDG. Mais tous sont à peu près calmes.
Je flippais un peu d'entendre gueuler toute la journée, au moins de ce côté là je suis content d'avoir eu tort. Et avoir des conversations avec des personnes ne faisant pas partie du corps médical, et ce pour la première fois depuis mon réveil, est purement jouissif. Même si,

avouons-le, ça ne mène pas loin la plupart du temps.

Mais au moins, je n'ai pas besoin de me justifier de quoi que ce soit, de rendre compte de mes actes et de mes pensées. Je peux juste rire et passer de bons moments. Aussi bons que puissent être des moments passés en cage.
Enfin il paraît que ça aurait pu être bien pire et que je suis bien tombé.
J'ose pas imaginer comment ça se passerait si j'étais mal tombé alors. Ici, les infirmiers ont jamais le temps pour rien d'autre que boire leur café et fumer leurs clopes. Rire pendant que des patients pleurent et supplient pour avoir leur soutien. A leur façon, ils chient sur le monde, profitant de leur petit pouvoir pour agacer et mettre sur les nerfs des gens qui sont au bout du rouleau. Bande de sadiques méprisants et méprisables.

Et moi je passe mes journées à rien foutre, parce qu'ici on ne nous propose absolument rien.
Je déteste ne rien foutre.

Enfin, je fous pas vraiment rien. J'observe. Et je m'observe.

J'observe mes pensées, mes réactions, ma façon de rire, d'être irrité. J'observe mon corps. Je ne suis pas du tout tatoué. C'est sur que ça fait pas très « gendre idéal », mais j'aurais aimé avoir des tatouages. Déjà parce que ça me fait envie mais aussi parce que ça en dit beaucoup sur la personnalité de quelqu'un. Et la rien. Pas de tatouage, pas de dessin à vie sur la peau qui pourrait avoir une quelconque signification. Pas de piercing non plus. Aucun signe distinctif, aucun grain de beauté significatif, aucune tâche de vin. Rien.

Je suis juste une putain d'énigme. Et je sais pas si ça doit m'alarmer ou m'exciter.
Parce qu'avouons-le, résoudre une énigme c'est excitant. Mais quand l'énigme c'est vous c'est méga flippant.

Leurs médocs et leurs entretiens ne changent rien à mon amnésie. Alors il paraît que je dois me projeter et quand j'y arriverais, je pourrais sortir.

Chouette.

Bientôt un mois que je suis là, à suivre une routine déprimante *lever-médoc-manger-médoc-manger-médoc-manger-dodo.*
Heureusement que les autres patients sont là. On se remonte le moral entre nous, on partage de vrais moments de vie dans un bâtiment qui n'en a plus. On illumine l'obscurité. Les interactions humaines valent plus que toutes leurs merdes de pilules qu'on nous fait bouffer à longueur de temps. Mais eux diront qu'on parvient à faire ces interactions un peu grâce aux pilules. Moi qui n'aime pas habituellement le contact humain, en tous cas pas d'après mes propres observations à l'hôpital, je m'étonne dans cet endroit morose. Sûrement le fait de partager la même merde avec d'autres gens.
Peu importe, en tous cas je profite.

On m'a dit que je sortirais bientôt. Que l'appartement n'attendait que moi. Que j'avais « fait des progrès significatifs dans l'acceptation de ma situation et sur ma projection dans l'avenir ».

En gros ça veut dire qu'ils me pensent assez solide pour sortir et affronter le monde.
Même si ils veulent que je fasse des trucs du type « hôpital de jour », « ateliers thérapeutiques » et j'en passe pour que « la transition soit moins compliquée à gérer ».

Je veux bien faire ce qu'ils veulent pourvu que je sorte.

Je veux bien faire ce qu'ils veulent pourvu que je puisse enfin chercher qui je suis.

Parce que ça me paraît vachement utile ça quand même...

~ TROISIEME CHAPITRE ~

Mon appartement est tout juste assez grand pour une personne. Un petite chambre, une kitchenette/bar ou manger, un clic-clac et une petite salle de bains avec douche et toilettes.
Autant dire que je ne pourrais pas faire une pendaison de crémaillère à proprement parler. D'ailleurs, pour ce qui est de parler, j'entends parfaitement chaque mot prononcé respectivement par mon voisin d'en haut et mon voisin d'en bas. Que j'ai hâte d'entendre leur flatulences, leur disputes, leur coïts pitoyables...

Le quartier est à l'image de mon appartement : petit et étroit. Une supérette fait face à une fleuriste qui se trouve à côté de la boulangerie. Deux maisons plus loin, il y a une laverie. Et c'est tout.
« Le loyer est vraiment très abordable ici » m'a dit l'assistante sociale. En même temps qui payerait une fortune pour vivre là ?
Mais il paraît que j'ai pas à me plaindre, que tout le monde s'est donné du mal pour que j'ai de quoi vivre, un peu de fric et un appart quoi, alors que j'aurais pu être à la rue.

Alors c'est ça la vie ? Un appartement minable dans un quartier de merde avec des voisins si présents niveau son qu'ils pourraient très bien être mes colocataires ?
Et en plus je dois dire merci...

Oui je sais. Je suis un connard méprisant et méprisable. J'ai de la chance comme ils disent et je crache dessus.
Ne nous méprenons pas, je sais que je dois m'estimer « heureux » d'avoir un toit, mais je sais aussi que je ne veux surtout pas m'attarder ici. Je ne veux pas que ma vie se résume uniquement à cet appart et à ce quartier. Je sais, ou plutôt je sens, que j'ai beaucoup plus à vivre que ça.
En effaçant mes souvenirs, mon cerveau à conservé mon intelligence, mon savoir-vivre, mon savoir-être et mon instinct.

Je me laisse quelques semaines avant d'être parti pour quelque chose de meilleur.
Je me laisse quelques semaines pour en savoir plus sur moi et, qui sait, rejoindre ma vie d'avant.

Eric... Eric Duval... Voila quelle est ma nouvelle identité désormais. Mais malgré le fait que j'ai choisi ce patronyme, je ne m'y reconnais pas. Quelque chose cloche. Quelque chose ne colle pas.
Je suis beaucoup trop *lisse.* Cet air de prince charmant, ce nom si parfait. Je me fond dans la masse, je suis *l'homme charmant*, celui dont on peut décrire la couleur si incroyablement bleue de ses yeux tout en oubliant tout le reste.
A part ma belle gueule, je n'ai rien d'extraordinaire. Je suis passe-partout.

Beaucoup de gens aimeraient être comme ça, mais moi ça m'emmerde royalement.
Loin de moi l'envie de devenir une superstar, mais je déteste l'idée d'être « normal ».
J'ai envie de me distinguer par quelque chose, peu importe quoi.

Pour le moment je suis « *Monsieur tout-le-monde* », c'est à dire personne.
A moi de faire en sorte de devenir quelqu'un.

Les jours se suivent et se ressemblent. Un tour à la supérette, un tour à la boulangerie, un bonjour à la fleuriste, l'ambiance sonore de la vie quotidienne des voisins, rythmée par leurs engueulades, leurs réconciliations sur l'oreiller, leurs jeux-vidéos, leur transit...
Une vie tranquille mais insupportable. Une vie sans grand intérêt.

Une vie tranquille... Jusqu'à aujourd'hui du moins.
Je suis rentré de ma routine supérette-boulangerie-fleuriste et j'ai vérifié mon courrier par réflexe.
Bien sûr, à part des pubs, il n'y a jamais rien. Je suis inconnu au bataillon, impossible que quiconque m'envoie du courrier. Du moins je pensais que c'était impossible.

Parmi les pubs, une enveloppe blanche, sans adresse, sans nom, sans timbre. Juste une enveloppe. Au départ j'ai eu envie de demander à mes voisins si cela pouvait être à eux. Mais ma curiosité me dévore de l'intérieur. Comme un voleur, je me précipite vers ma porte en regardant autour de moi pour être sûr que personne ne me voit.

Mon cœur bat à 100 à l'heure. Je tremble en tenant cette enveloppe, curieux de savoir ce qu'elle peut bien contenir. Il est vrai que c'est la seule chose un peu originale qui m'arrive depuis des lustres.

Consciencieusement, j'ouvre l'enveloppe. Elle contient une feuille simple, plié en trois.

Je la déplie pour y découvrir ces quelques mots :

CETTE REALITE N'EST PAS LA TIENNE
ARRÊTE DE JOUER A L'HOMME PARFAIT
TU VAUX MIEUX QUE CA
TON INSTINCT REPRENDRA LE DESSUS

ET LA TU SERAS VRAIMENT TOI MÊME
CHERCHE EN TOI ET TU TROUVERAS LA VERITE

Ma gorge s'est nouée. Ces mots... Ils me sont destinés ! Ces mots sont pour moi c'est certain !
A moins qu'il y ait un autre amnésique en quête d'identité dans le quartier mais j'en doute.
Je retourne l'enveloppe, fouille partout, mais rien. Pas un trace de l'identité de celui qui m'a envoyé cette lettre.
Ou plutôt... De celui qui me l'a déposée ! Mais oui, aucune adresse, aucun timbre ! Que je suis con de pas y avoir pensé avant !
Cette personne m'observe et sait ou je vis.
Cette personne me connaît bien apparemment. Mais pourquoi ne pas se manifester directement ?

« Ton instinct reprendra le dessus et la tu seras vraiment toi même »... Qu'est-ce que ça veut dire ça putain ? Une personne sait qui je suis et il fallait que ça soit quelqu'un qui parle avec des énigmes à la con.

J'ai du bol moi putain.

En tous cas, je voulais de l'action, je voulais casser ma routine monotone, je suis servi !

Maintenant il faut que je retrouve cette personne, que je comprenne ce qu'elle veut dire.

C'est la seule personne qui connaît le moi d'avant le coma.

Je dois à tous prix la retrouver.

~ QUATRIEME CHAPITRE ~

J'ai mal, tellement mal au crâne. C'est sûrement dû au fait que je tourne mes pensées dans tous les sens pour savoir qui a écrit ce putain de mot. La bouteille de whisky quasi-vide a côté de moi ne doit pas aider non plus.

Les voisins n'ont vu personne de particulier dans le bâtiment, trop occupés sûrement à se regarder le nombril.

Je me vois mal emmener ça à la police, il n'y a aucune menace et rien sur quoi enquêter.

Personne ne peux rien faire à part moi. Le problème c'est que je n'ai rien avec quoi commencer.

« **CHERCHE EN TOI ET TU TROUVERAS LA VERITE** »

Je cherche putain, je cherche. Mais je sais pas si cette personne sait en quoi consiste le fait d'être amnésique.

Qu'est-ce que je sais de moi ? Je suis un mec, la quarantaine, gueule de gendre idéal, sans signe distinctif, assez antipathique (faut dire ce qui est), déjà blasé de la vie alors qu'elle vient tout juste de (re)commencer, et je suis amnésique, je ne me rappelle pas de qui j'étais

avant le coma et l'agression.
Mais oui bien sûr ! L'agression ! Personne ne m'a donné de nouvelles sur l'enquête, mais peut-être qu'il y a eu des avancées. Et peut-être que tout ça était dû à autre chose qu'a une histoire de portefeuille. Et si c'est le cas, je tiendrais une sacrée piste !
Non pas que ça m'enchante, mais je vais aller faire un petit coucou à nos amis les policiers, en espérant qu'ils aient été compétents, pour une fois.

En arrivant au commissariat, j'ai l'impression d'arriver dans une fourmilière très mal organisée. Tout le monde bouge dans tous les sens, mais personne ne fait vraiment rien de constructif.
Je me dirige vers la personne à l'accueil, une femme d'une trentaine d'années, métisse, et l'air ennuyé.

« Bonjour, pardonnez-moi de vous déranger... Voilà, j'ai été agressé il y a quelques mois, trois ou quatre je crois. L'agression m'a rendu amnésique, mais je voulais savoir si il y avait eu une enquête, des suspects, quelque

chose... »

La jeune femme se met à soupirer très longuement.

« Quel est votre nom ? »

« C'est ce que je viens de vous dire, l'agression m'a rendu amnésique. Je ne me rappelle pas de mon nom mais j'ai dû en choisir un : Eric Duval. J'ai été agressé a quelques rues de l'hôpital et j'ai été trois semaines dans le coma. J'avais été battu et avais reçu des coups de couteau »

Elle me regarde d'un air suspicieux. En même temps l'histoire est compliquée à comprendre et à croire.

« Monsieur, si je n'ai pas votre nom, je ne peux pas vous donner d'informations »

Je la supplie, lui dit d'aller voir son responsable, que cette affaire m'aiderait peut-être à retrouver mon identité. Bref, je me met plus bas que terre.
Et ça marche. Elle se dirige, en soupirant certes mais elle y va, vers le bureau de son

responsable.

J'attends des minutes qui me paraissent être une éternité. Le tic-tac de l'horloge murale me rend dingue. Les conversations de comptoir des policiers me sont insupportables. J'attends. Encore et encore. Et c'est quand je crois être à deux doigts d'avoir tourné la carafe que je la vois sortir.

« Monsieur Duval, le commissaire vous attend dans son bureau » me dit-elle en tendant le bras vers une porte ouverte.

Heureux mais un peu anxieux, je m'engouffre dans le dit bureau pour y découvrir le commissaire, une homme fringant d'une cinquantaine d'années.

« Bonjour Monsieur Duval. Asseyez-vous je vous prie. »

Je m'exécute et attend patiemment la suite.

« J'ai cru comprendre que vous étiez la malheureuse victime de l'horrible agression perpétrée il y a quelques mois dans l'impasse Vaucourt. Il m'a fallu bien évidemment regarder avec ma collègue quelques photos de vous prises à ce moment là pour nous assurer de votre identité. Nous ne pouvons pas nous permettre de divulguer des informations à n'importe qui ».

« Alors vous en avez ? Des informations ? »

« Nous avons toujours des informations lors d'une enquête. Mais seront-elles satisfaisantes pour vous, ça c'est une autre histoire. »

« Balancez toujours. »

« Vous avez été agressé par trois hommes ce jour-là. Nous en avons attrapé un. Les deux autres ont été retrouvés morts peu de temps après votre hospitalisation.
L'homme que nous avons réussi à avoir s'appelle Luis Alvarès. Il à 34 ans et était vendeur en téléphonie. Quand nous l'avons récupéré, il proférait des phrases incohérentes, semblait perdu. Il avait votre sang partout sur son t-shirt mais ne se rappelait de rien.
Tout ce qu'il disait c'était « Il m'a obligé à le faire. Je ne voulais pas mais il m'a obligé à le faire ». Et tout cela en boucle. Impossible de lui faire dire autre chose après ça. Il est

désormais interné en psychiatrie et il n'y a pas eu la moindre évolution positive depuis »

« Attendez... Vous voulez dire que le seul gars responsable de mon amnésie encore en vie ne se rappelle de rien et est devenu dingue ? »

« Comme je vous le dit. Et en regardant dans son passé, rien n'aurait pu le mener à agresser qui que ce soit. Père de famille exemplaire, employé modèle, apprécié de tous... »

« Et les deux autres gars, c'était qui ? Ils se connaissaient comment ? »

« C'est la que ça devient étrange... Il n'y a absolument aucun lien entre vos trois agresseurs présumés. Rien. Pas de famille, pas d'amis en commun, même au niveau des loisirs c'est le trou noir. Le caractère idem. C'est le gros point d'interrogation. Tout ce qui les distingue c'est qu'ils avaient votre sang sur eux. Sinon, rien. »

Je suis totalement abasourdi. Moi qui voulait des réponses, voilà que je me trouvais avec encore plus de questions. Ils foutaient quoi là, tous les trois, à essayer de me buter en pleine

après-midi ?
« Alvarès... Je peux le voir ? Je sais qu'il ne se rappelle de rien, mais peut-être qu'en me voyant...
Ou peut-être que moi en le voyant... »

« Ça risque d'être compliqué. Écoutez, je vais voir ce que je peux faire pour vous. Donnez moi votre numéro et je vous appelle dès que j'en sais plus »

En sortant de la, je suis anxieux et plein d'espoir. Peut être que cet Alvarès fera résonner les zones de la mémoire de mon cerveau. Peut-être que je me rappellerais de quelque chose.
Ou lui. Entre deux amnésiques, si on peut se soutenir, ça serait le top.

~ CINQUIEME CHAPITRE ~

Cinq jours. Cinq jours que j'ai vu ce commissaire et rien, aucune nouvelle. J'ai une piste, une seule. Une seule chance de savoir qui je suis, et j'ai l'impression que ça prend une éternité.
En même temps, qu'est-ce que le temps pour un amnésique ? C'est quelque chose d'abstrait, d'incontrôlable, de non-palpable. C'est irréel et insensé. Le temps n'existe pas quand on l'a perdu.

Et en même temps, je me rend bien compte que cinq jours, c'est putain de long. Parce que la il s'agit de récupérer ce qui m'a été enlevé. Mon temps. Et c'est plus important que tout le reste.

Pendant que je grommelle dans mon coin, mon téléphone se met à sonner. Le commissaire !

« Mr Duval ? J'ai dû pas mal négocier mais je vous ai eu un entretien avec Alvarès dans son service psychiatrique. Je serais également présent, tout ce qu'il dira pourrait faire avancer l'enquête. Par contre, soyez calme, aucune agressivité avec lui, ça pourrait le bloquer. Et on aura plus rien à en tirer ».

Le rendez-vous est pris dès demain. Et il faut que je sois calme avec l'un des hommes qui a essayé de me tuer.
Mais ça je peux faire. La suite de ma vie en dépend. Il faut surtout pas que je merde ça. Je peux pas me le permettre.

Je suis là, devant la porte du service, à attendre le commissaire. L'estomac noué par l'incertitude de cette entrevue avec l'une des personnes qui a voulu ma mort. Je ne sais pas comment je vais réagir face à lui.

Mon monologue intérieur est interrompu par l'arrivée du commissaire, entouré d'infirmiers.
On nous fait entrer dans une salle, blanche à en donner mal aux yeux, et nous attendons Alvarès.

Au bout d'une dizaine de minutes, le voilà.

Je n'ai pas le temps de me présenter qu'il se met à hurler, me regardant les yeux révulsés et me pointant du doigt : « Il m'a obligé à le faire. Je ne voulais pas mais il m'a obligé à le faire ! ». Et alors que les infirmiers s'apprêtent à le faire sortir de la salle, il se calme d'un seul coup, me regarde et me dit : « Vous êtes le Diable incarné. Votre âme est noire. Vous prenez ce qui ne vous appartient pas. Vous prenez les âmes. ».

Il tente de se jeter sur moi pour m'étrangler en hurlant « A mort le Diable! » mais les infirmiers l'attrapent et le font sortir de force.

Une fois toutes ces émotions et informations digérées, au bout de quelques minutes de silence pesantes, je demande au commissaire :

« Comment sont morts les deux autres? »

« Suicide. Ils avaient laissé un mot disant que le Diable avait pris leur âme ».

Je suis totalement sonné. Qu'est-ce que tout cela voulait dire ? Est-ce que j'avais fait quelque chose à ces hommes ou suis-je simplement tombé sur trois tarés ?

« Je vous demanderais bien de me fournir quelques explications mais votre amnésie est votre meilleur rempart »

« Vous sous-entendez que j'ai quelque chose à voir avec tout ça et que je vous le cache ? »

« Je ne sous-entend jamais rien. Je dis que tout cela est très louche, que vous êtes suspect à mes yeux, ou en tous cas une vraie énigme, mais que votre amnésie nous empêche d'en savoir plus. Et peut-être qu'inconsciemment c'est mieux pour vous »

« En effet je ne me rappelle de rien mais en aucun cas cela m'arrange. Plus que tout j'aimerais retrouver la mémoire mais pour le moment on va tous les deux devoir faire sans. »

« Vous voulez que nous travaillons ensemble ?

« C'est mon enquête autant que la vôtre »

« Je suppose que l'on peut s'entraider d'une façon ou d'une autre. Mais sans votre mémoire ce sera compliqué »

« Avec ma mémoire, l'enquête serait déjà terminée. »

~ SIXIEME CHAPITRE ~

Dans la voiture, au retour de « l'entrevue » avec Alvarès, règne un silence de plomb. Je pense que nous avons tous les deux du mal à réaliser ce qu'il vient de se passer.
Alvarès m'a appelé « le Diable », il m'a dit que je prenais les âmes... Tout comme ce qu'avaient noté mes deux autres agresseurs sur leur note de suicide.
Je ne sais pas trop quoi en penser, ni ce que cela signifie réellement. Il avait l'air terrifié en me voyant tout d'abord. Aurais-je pu faire du mal à ces hommes au point qu'ils deviennent fous, tentent de me tuer et se suicident ?
Je ne suis pas la personne la plus sympathique du monde mais merde ! Tout ça me paraît gros.

Le commissaire brise le silence et mes pensées :

« Vous pensez être capable d'avoir une telle influence sur un homme ? Le pousser a vous agresser ou à se suicider ? »

« Je ne vois même pas comment ce serait possible honnêtement »

« Vous seriez surpris, et pas agréablement, de ce qu'un être humain est capable de faire. Ou de faire faire »

« Arrêtez vos conneries deux secondes ! On parle d'une tentative de meurtre, d'un mec qui a totalement tourné la carafe, de deux suicides et d'un gars me prenant pour le diable. Il s'agit plus de folie que de manipulation mentale »

« La manipulation mentale n'est que pure folie selon moi. Mais ça demande d'être intelligent, Et les deux ne sont pas incompatibles. Vous me semblez être quelqu'un de très intelligent. »

« Et quel aurait été l'intérêt de mettre en œuvre ma propre tentative de meurtre ? De manipuler ces gars pour ça ? »

« Peut-être aviez-vous d'autres choses à cacher. Des choses qui nécessitaient que vous soyez absent un bon moment. Et être amnésique rendrait ça encore plus pratique. L'amnésie ce n'est pas si dur à feindre. Et bosser avec la police vous tient au courant de tout. »

« Ok donc là on part du principe que je suis le plus ignoble des salopards, que je vous cache tout et que je simule mon amnésie pour le plaisir ? On voit bien que vous n'avez jamais été amnésique...
Enfin, si vous ne me croyez pas, que vous croyez que je me sers de vous, on peut très bien reprendre chacun notre chemin. Je peux mener l'enquête seul. »

Le commissaire émet un petit rire, me regarde, et me dit :

« Vous avoir avec moi fait partie de mon enquête. Je saurais sûrement plus de choses et qui plus est il est pratique d'avoir son suspect numéro un sous le coude non ? »

« Ok, si vous le dites. »

J'ai trop besoin de cet enfoiré pour me permettre de le perdre. Bosser avec la police me donnera plus vite les infos dont j'ai besoin. Qu'il me pense coupable n'est pas étonnant, tout est tellement étrange dans cette affaire... A moi de prouver, et de me prouver, que je suis quelqu'un de bien. Ou en tous cas pas un putain de psychopathe manipulateur.

Je me retrouve dans le bureau du commissaire à éplucher les dossiers de mes agresseurs. Aucun n'a de casier judiciaire, et ils étaient tous, de l'avis de leurs voisins, collègues de boulot et amis, des personnes agréables et serviables. Des gens parfaits, vu de l'extérieur. Et tous sont devenus fous, dont deux au point de se suicider.

« Ok, ils ont l'air parfaits, mais l'habit ne fait pas le moine. Tout le monde a des vices. Tout le monde a un jardin secret. »

Le commissaire ne me répond pas. C'est assez agaçant de devoir bosser avec quelqu'un qui fait comme si vous n'étiez pas là.

« Non parce que, le fait qu'ils n'aient rien en commun me paraît étrange. Vous êtes sûr d'avoir bien creusé de ce côté là ? »

Toujours aucune réponse.

« Je pense me mettre des plumes dans le cul et

chanter la carioca dans le commissariat à l'heure de la pause tout à l'heure »

« Tout le monde n'a pas les mêmes heures de pause, alors choisissez bien pour faire un plus bel effet »

Enfoiré.

« Pourquoi vous ne me répondez pas depuis plus d'une demi-heure sur les questions concernant l'enquête ? »

« Parce que je me les suis déjà posées et que je n'ai pas encore trouvé la réponse. Quel intérêt alors de vous répondre à vous que je ne sais rien de plus que ce que nous avons devant les yeux ? »

« Je sais pas... Le respect peut-être ? »

« Pitié, ne venez pas me parler de respect... Bref, j'aurais besoin de vous pour aller réinterroger tout le voisinage et l'entourage de vos agresseurs. »

« Pour voir si ils me reconnaissent je suis sûr »

« Oui, mais pas seulement. Je suis persuadé que vous saurez trouver les bonnes questions pour nous orienter- enfin -vers des réponses concrètes. »

« Allons-y pour les interrogatoires alors. Tant qu'on peut démêler toute cette merde »

Et de la merde, y'en a à démêler...

~ SEPTIEME CHAPITRE ~

Enfermé dans un cercueil à quatre roues direction mon destin, je ne peux m'empêcher de ressentir une appréhension à l'idée de voir les proches de mes agresseurs. Je ne sais pas si ils me reconnaîtront ou pas. Et si oui, de quelle façon ? Façon « tu es le Diable! » comme Alvarès , ou de façon joviale ?
Je n'ai pas le temps de me poser plus de questions que nous voilà arrivés devant la maison de la première famille.
La famille Lucas. La famille de Franck Lucas, l'un de mes agresseurs qui s'est suicidé.

« Le trac ? » me demande le commissaire, qui a vraisemblablement remarqué que j'étais troublé.

« C'est normal d'être assez anxieux dans ce genre de situation non ? »

« Quand on a quelque chose à se reprocher peut-être »

« Très drôle... Je n'ai aucune foutue idée de si j'ai quelque chose à me reprocher. Il est bien là le souci »

« Nous verrons cela dans quelques minutes je suppose. »

Nous sortons de la voiture pour faire face à une petit maison moderne de plain-pied, remplie de baies vitrées qui ne laissent aucun espace à la vie privée. Drôle de monde. Pour être heureux, vivons face à des baies vitrées ?

Le commissaire frappe à la porte, et nous sommes accueillis par une femme d'une trentaine d'années, brune aux yeux bleus et enceinte jusqu'aux yeux. Enceinte putain.

Elle nous accompagne vers le salon et nous sert un café chacun.

« Je n'ai rien à dire de plus que ce que je vois ai dit quand Franck est mort. Je n'ai toujours pas compris son geste et il était normal avant de se suicider ».

« Est-ce que, par hasard, vous m'auriez déjà vu avec votre mari ou quelque part d'autre ? »

Elle me fait non de la tête, un peu déstabilisée par la question.

« Est-ce que Franck a parlé d'une nouvelle connaissance ou ami qu'il se serait fait ? Ou avait-il une nouvelle activité ? »

Elle va pour répondre, puis se ravise, réfléchit encore. Elle *sait* quelque chose. Elle cherche dans sa mémoire – Dieu comme ça doit être pratique de pouvoir faire ça – puis nous regarde l'un et l'autre.

« Trois mois environ avant sa mort, il à commencé à sortir les soirs et les week-end. J'ai trouvé ça bizarre parce que Franck n'a jamais été un fêtard. Quand il rentrait, il ne sentait pas l'alcool ou la cigarette. Quand il rentrait il ne sentait *rien*. Ça en était presque effrayant. Mais peut importe mes questionnements, il ne voulait donner aucune réponse, il disait que chacun avait le droit à son jardin secret. ».

« Il ne vous à même pas dit de quels amis il s'agissait? » demanda le commissaire.

Elle fit non de la tête.

« Pouvez-vous nous donner les noms et

coordonnées de tous les amis ou proches de Franck ? Cela nous serait utile pour savoir ce qu'il a pu se passer. »

« Bien sûr » dit-elle avant de sortir de la pièce.

« Si les deux autres avaient un alibi pour sortir au même moment, on aura déjà bien avancé »

« Du calme Duval. Il faut toujours être prudents dans une enquête. Rien n'est jamais évident, et ce qui paraît évident n'est souvent que tromperie. Alors menons notre enquête familiale et de voisinage sur nos trois zigotos et ensuite nous verrons pour faire le point. »

« Zigoto ? Vous y allez un peu fort là, commissaire ! Calmez-vous ! »

Il fait mine de ne pas m'entendre mais je sais que ça le fait rire au fond. Genre vraiment au fond à mon avis.

Les meilleurs amis de Franck jouent souvent au basket dans le quartier. Avouons-le c'est quand même vachement plus pratique que de

frapper à toutes les portes. Maintenant reste à savoir si ça sera facile ou non de leur tirer les vers du nez.
En nous voyant, ils ont un geste de recul. Impossible de savoir si ils ont peur de l'insigne du commissaire ou de moi.

« Bonjour messieurs ! Belle journée pour faire du sport n'est-ce pas ? »

Aucune réponse.

« Très bien, ne tournons pas autour du pot, nous sommes venus pour vous parler de Franck Lucas ».

« On a déjà dit à la police tout ce qu'on savait. » lui répond un homme avec des mains aussi larges que des battoirs.

« Et bien en fait il est possible que non »

L'homme en question me regarde de haut. En même temps il doit faire 1m95 environ et je ne dois pas dépasser le mètre 80.

« Trois mois avant sa mort il à commencé à sortir tous les soirs et les week-end sans dire à

sa femme ou il allait. Est-ce qu'il était avec vous ? »

« Putain... » soupira le grand homme.

« Oui... Mais encore... ? »

« Quelques temps avant sa mort, il était un peu bizarre, mais ça on l'a déjà dit à la police. Par contre, qu'il sorte tous les soirs comme ça, ça lui ressemble pas. Surtout que sa femme est enceinte. »

« Je suis persuadé que vous en savez plus que vous ne voulez nous le dire »

Il marqua une pause, regarda tous ses amis. Dans leurs regards on peut lire de la peur, de la colère, des encouragements. Bref, rien de bien costaud pour aider notre énergumène.
Au bout d'un moment qui me paraît une éternité – parce qu'il faut quand même rappeler que de cette enquête pourrait ressortir mon identité – il finit par lâcher :

« Il m'avait parlé très brièvement du bar « Le Pastif », dans un de ces quartiers qui craint au bout de la ville. Un truc dans une impasse

sombre. Le machin lugubre, même le patron fout les jetons !
J'ai jamais compris pourquoi il allait là-bas ! Moi j'y suis allé une fois ça m'a suffit ! J'en ai fait des cauchemars je vous jure ! »

« Merci pour cette information, elle est très importante. Autre chose que vous voudriez nous dire ? »

« Ouais. Leur dites pas que ça vient de moi, ou de nous. Ils sont barjos les gars je veux pas avoir affaire à eux ».

« Vous avez peur qu'ils vous fassent quoi ? »

« J'ai aucune idée de ce dont ils sont capables, c'est ça qui fout la trouille. J'ai l'impression qu'ils sont capables de tout. »

« Très bien, nous garderons nos sources pour nous. Merci de votre collaboration. »

Alors que nous partons, j'ai l'impression que le commissaire à l'air contrarié. Enfin plus que d'habitude quoi.

« Qu'est-ce qu'il vous arrive chef ? »

« Ça va être très tendu au Pastif. »

« *Pourquoi ? Parce que ça craint et qu'apparemment ils torturent et tuent des gens ? Non franchement vous tracassez pas pour ça ! Je vous trouve vraiment pessimiste !* »

« Non, c'est pas ça... Le patron de Pastif, je le connais. Très bien même. »

« *Ah bon ? Et comment ça ?* »

« C'est mon ex beau-père »

~ HUITIEME CHAPITRE ~

Le silence dans l'habitacle est si pesant que je suis obligé d'ouvrir la fenêtre pour pouvoir respirer un peu. Le commissaire à la mine si renfrognée que j'ai peur qu'il nous fasse un AVC ce con.
Il rumine, sûrement.

« Dites, c'est ou le Pastif ? »

« Pas dans notre direction »

Youpi, il a redécouvert l'usage de la parole. Mais il a toujours la même tronche. Je suppose qu'il faudra vivre avec. Le temps que ça durera du moins.

« Comment ça, pas dans notre direction ? On tient une piste là, autant y aller tout de suite »

« Trop tôt. Il vaut mieux attendre d'avoir fini notre enquête auprès des proches et du voisinage de vos petits copains. Ensuite on avisera »

« Vous avez la trouille hein ? En vrai c'est à cause de votre ex beau-père ? Qu'est-ce qu'(il

s'est passé ? Il a pas supporté votre divorce ? Ou votre mariage ? Ou il aime juste pas votre gueule ? D'ailleurs en parlant de ça détendez-vous, vous faites un peu peur. »

Un silence qui semble durer une éternité s'installe. Puis il me répond, calmement :

« Je ne tiens pas à discuter de ces sujets avec vous. D'autant que vous saurez pas mal de choses déjà quand on ira la bas. Donc ne me posez plus de question là-dessus ok ? »

J'acquiesce. Il a raison après tout. Je pourrais faire ma fouine une fois la bas. Et je pense que je ne serais pas déçu du spectacle !

Nous voici arrivés chez mon deuxième agresseur. Antoine Giraud. 40 ans. Marié à une éditrice de renom. Trois enfants. Responsable d'une librairie. Retrouvé pendu dans son garage peu de temps après mon agression.
C'est un de ses enfants qui nous ouvre la porte.

Une gamine de huit ans tout au plus, les yeux d'un bleu profond et des cheveux d'or. Beau patrimoine génétique. Sa mère approche, une belle blonde aux yeux bleus elle aussi, environ 40 ans, portant une jolie robe noire en dentelle. Quand elle se rapproche, je crois distinguer des notes de jasmin dans son parfum.

« Bonjour Madame, je suis le commissaire en charge de l'enquête de la mort de votre mari et de son implication dans une agression. Pouvons-nous entrer ? »

Elle me regarde d'un air méfiant.

« Et lui c'est qui ? Un journaliste ? »

« Non madame, je suis l'homme que votre mari, ainsi que deux autres personnes, a agressé. Je suis devenu amnésique après ça et je suis juste en quête de vérité. »

Elle paraît peu convaincue mais nous laisse quand même entrer.
Nous nous installons dans un petit salon décoré avec goût. Et tellement propre qu'on n'imaginerait pas que trois enfants puissent y vivre. La maison c'est un vrai showroom. Mais

beaucoup plus classe et raffiné que chez Ikea.

« Si vous êtes amnésique, comment pouvez-vous être sûr qu'il a fait partie de ceux qui vous ont presque tué ? »

« Alors, ces questions là, faut les poser au commissaire, pas à moi. L'enquête à commencé avant même que je ne sorte du coma.. »

« Madame Giraud – intervint le commissaire – je sais que vous peinez à croire depuis le début que votre mari ait pu être capable d'abattre un homme. Et je conçois que ma venue ici ne vous enchante guère. Mais maintenant, ce que nous voulons tenter d'élucider, c'est la raison pour laquelle votre mari s'est donné la mort. D'après l'enquête, vous dites qu'il avait un comportement étrange et était assez fermé. Je n'ai aucun autre détail... »

« Parce que je n'en ai pas donné. Je ne voulais pas salir sa mémoire. Et je trouvais indécent d'exposer ainsi ses faiblesses. Son suicide et les accusations contre lui suffisaient à l'entacher. »

« Et maintenant, vous seriez prête à nous en dire plus sur les derniers jours de votre mari ? »

« Maintenant, oui. J'ai compris qu'il était stupide de tout garder. Ça ne le fera pas revenir. Et mes enfants m'ont dit que leur père resterait leur héros quoi qu'il arrive. »

Le commissaire saisit la balle au bond.

« Dites-moi Madame Giraud, quelque chose avait-il changé dans le comportement de votre mari quelques semaines après l'agression ? »

Elle prend une cigarette – je déteste les femmes qui fument, je trouve ça vulgaire, mais passons – l'allume, en tire une longue taffe et répond :

« Si quelque chose avait changé ? Ho mon pauvre si vous saviez ! »

Elle continue de fumer, sans répondre.

« Ben du coup dites-le nous parce qu'on sait pas, nous. Et ça serait vachement plus pratique que l'on sache tout. ».

Elle se met à ricaner, puis me regarde dans les yeux.

« Monsieur, je me fous complètement que vous soyez pressés ou pas. On parle de mon mari mort. Vous parlez à une veuve. Laissez le temps aux gens de vous raconter ce qu'ils veulent, sinon vous n'arriverez jamais à rien. Et comprenez que c'est souvent dans les silences qu'on apprend le plus de choses. »

Ce ton condescendant à le réflexe de me crisper, mais je me retiens, les informations qu'elle a à nous donner peuvent être primordiales.
Elle écrase sa cigarette, prend une grande inspiration, et commence :

« Mon mari a toujours été un homme drôle, altruiste, pétillant. Il avait ce don incroyable de faire sourire n'importe qui, peu importe le malheur qui frappait cette personne. C'était quelqu'un de sûr de lui, mais pas prétentieux pour un sou. Sociable et généreux. Et puis... »

Sa gorge semble se serrer subitement, et c'est avec une voix plus terne qu'elle continue :

« Un jour, il est rentré du travail avec trois heures de retard. J'avais l'habitude, avec son métier il avait souvent beaucoup de choses à faire, à prévoir pour le lendemain... Je ne m'inquiétais pas, c'était habituel. Mais ce soir là, il était différent. Il avait l'air pâle, triste. Il avait un teint presque cadavérique. Et il ne me parlait pas. Pas un mot. J'ai voulu appeler un médecin mais son regard était si effrayant qu'il m'en a dissuadé. J'ai dormi sur le canapé ce soir là.

A partir de la, plus aucun mot. Il allait au travail et revenait, trois heures en retard, dans le même état. J'ai appelé et questionné les employés, mais tous disaient qu'il partait à l'heure, voire même souvent en avance, mais qu'il parlait avec eux et avec les clients.

J'ai cru qu'il ne m'aimais plus, ou qu'il se droguait.Je ne savais pas quoi penser.

Et puis, un jour... Il n'est plus allé travailler, il ne communiquais pas, ne mangeait presque plus....

Il ne sortait que le soir, dans le même laps de temps que d'habitude. Trois heures après la fermeture.

J'ai essayé de le suivre, mais il rentrait à chaque fois dans une voiture noire aux vitres teintées qui filait à toute allure. Je n'ai jamais pu savoir ou il allait. Et ça me rendais tellement folle que j'ai pensé à divorcer... J'allais lui en parler quand je l'ai découvert dans le garage. Avec ce mot étrange sur la mort... Et ensuite ces histoires d'agression... »

« Aucun de ses amis n'auraient pu savoir ou il allait ? »

« Antoine était apprécié de tous mais n'avait pas beaucoup de vrais amis. Les quelques amis qu'il avait ne l'avaient pas vu depuis des mois. »

« Vous connaissez le Pastif ? »

Le commissaire me lance un regard noir, comme si je venais de dire à un gamin que le père noël n'existe pas.

« Jamais entendu parlé. Pourquoi ? »

« Pour rien. Merci de ,nous avoir reçu »

―――

Le commissaire me ramène chez moi, sans que nous ayons la moindre conversation. J'ai bien essayé, mai il reste muet comme une carpe. J'ai l'impression de bosser avec Bernardo. Sans déconner c'est pas marrant.

Arrivé chez moi, il est déjà 22h00 et j'avoue que la journée m'a crevé. Demain après-midi, on doit voir la famille d'Alvarès. Autant dire que je serais tout autant crevé.

―――

1h00. Je ne dors toujours pas.
4h00. Encore rien. Je tourne dans mon lit sans trouver de repos. Quelque chose m'empêche de dormir. Quelque chose m'obsède.
9h00. C'est décidé : je vais au Pastif. Seul.

~ NEUVIEME CHAPITRE ~

Il est difficile de savoir ou se trouve un bar quand personne n'a l'air de le connaître, ou pire, que les gens sont trop effrayés pour oser vous aider.
J'en viens à me demander si ils ne font pas des sacrifices humains là-dedans. On dirait que je vais droit en enfer.

A force de demander, je réussis à obtenir un endroit approximatif de ce bouge.

Tout en marchant, je ne sais si je dois être excité à l'idée d'en savoir peut-être plus sur mon passé ou effrayé par la perspective de crever parce que je n'aurais pas attendu le commissaire.
Mais en même temps, si la vie m'a donné une seconde chance, pourquoi me faire caner quelques mois après seulement ?

Me rassurer, toujours me rassurer. Parce que je n'y vais pas d'un pas vif et joyeux.
Mais j'ai à peine le temps de me poser les mille questions que j'ai dans la tête que je tombe juste en face du bar. C'est dans une impasse étroite, ça à l'air petit, et a 11h du mat, c'est

déjà le bordel. Dans l'impasse,ça pue la bière et la gnôle infâmes, et des pochetrons hurlent des chansons paillardes.

A 11h du matin, j'ai là un échantillon représentatif de la race humaine. Et dire qu'on se prétend évolués. Enfin, pour être plus juste, c'est un échantillon particulier, mais comme l'odeur du mauvaise alcool me donne la nausée avant même d'être entré, j'ai du mal à avoir de la franche sympathie pour tous ceux qui s'y trouvent.

Je me rend compte que ça doit faire dix bonnes minutes que je suis devant la porte, planté comme un piquet. J'ai voulu y aller seul, il faut que j'assume. Bien sûr que je pourrais partir, personne n'en saurait rien, mais j'ai besoin d'adrénaline et surtout j'ai besoin de comprendre.

Comprendre comment trois hommes sans histoires et sans lien entre eux ont pu se mettre d'accord pour me tuer.

Je prend une grande inspiration, me rappelle de respirer par la bouche, et j'ouvre enfin la porte.

Ce « truc », parce que je ne pense pas que l'on

puisse appeler ça un bar, est juste infâme. A l'odeur de l'alcool viennent s'ajouter celles nauséabondes d'urine et d'excréments.
Je suis beaucoup trop propre pour être ici, et certains commencent à le remarquer.
Je me dirige vers le bar en tentant d'avoir un air assuré – je ne pense pas que ça fonctionne vraiment vu à quel point je sens mes jambes vaciller – et je m'y assois.

C'est là que je l'aperçois. Grand, maigre, les cheveux longs et blancs et des vêtements absolument dégueulasses sur le dos ; il gueule sur deux ou trois mecs qui se bastonnent dans le fond du bar.
Le patron.
L'ex beau-père du commissaire.

Il s'approche vers moi d'un pas décidé, l'air passablement agacé de ma présence.

« Vous êtes un gars de l'hygiène ? J'ai payé ce que je devais la dernière fois, alors barrez-vous »

« Heu... Non. Je suis juste venu boire une bière. »

Il se met à rire.

« Toi ? Venir boire un verre dans mon humble échoppe ? Te fous pas de ma gueule. Les personnes qui savent ou je suis ne veulent pas venir et ceux qui savent pas mais qui finissent ici quand même, ils finissent mal, ou ils partent pas d'ici. Mais toi, t'es d'une autre catégorie. Le prince charmant est venu se frotter au grand méchant loup ? »

« Je ne pense pas que vous soyez le grand méchant loup, et effectivement je ne suis pas venu par hasard. Pas pour boire une bière en tous cas. M'en voulez pas mais elles m'ont l'air infects »

« Je suis d'accord. Mais elle est pas chère. Ces cons-là roulent pas sur l'or et moi non plus alors tant pis pour la qualité de la boisson. »

« L'accueil est pas terrible non plus. Ça pue de dehors et tout le monde est pinté avant midi, sans compter les bagarres, dont une impliquant une arme blanche là bas il me semble. Et vous êtes pas très avenant. Ni professionnel. Ça doit faire dix minutes que j'attends ma bière de merde »

« Ecoutes-moi bien gros connard prétentieux ! Ici t'es chez moi ! Personne t'as obligé à rentrer ici mais je peux faire en sorte que t'en parte les pieds devant. Alors fais bien gaffe ! Si c'est pour me débiter des conneries de ce genre et insulter le bar que j'ai eu toute ma vie, dégage ! Tu peux même pas imaginer ce que tu peux subir ici ! »

« J'insulte pas, je constate c'est tout. Mais justement, tout le monde semble effrayé parce ce qu'il se passe ici. Effrayés comme si ils avaient vu le Diable en personne. Mais moi je vois rien à par un boui-boui crasseux, un repaire d'alcooliques de merde. Vous faites quoi pour faire si peur à la moitié de la population de cette ville ? »

« Tu ne saura rien. A part si tu le subis. Je n'ai rien à dire à un connard comme toi. Mais saches que, si je fais peur, et bien c'est fondé. Il vaut mieux pas que tu saches. Je voudrais pas que le prince charmant fasse des cauchemars »

Il se met tout à coup à ricaner, un peu comme les méchants dans les dessins animés de

Disney, ce qui me donne un sentiment étrange à la fois de nostalgie et d'envie de chier dans mon froc et de décamper.

« Fous le camp petit sac à merde, avant que je te fasse sortir de force » dit-il en partant vers le fond du bar.

« Attendez ! J'étais venu pour vous poser une question ! »

Il n'a pas l'air d'être ravi à l'idée de me parler une seconde de plus mais il s'arrête néanmoins et semble prêt à m'écouter.

« Vous connaissez ce gars ? Franck Lucas – dis-je en lui montrant une photo – venait apparemment souvent chez vous il y a quelques mois. »

« Dégage cette photo de ma vue, et fais moi plaisir de la brûler après ! »

« Pourquoi ? Il a fait quelque chose de mal? »

« De mal ? C'est un euphémisme. A côté de ce qu'il est capable de faire, je suis un bisounours. Ce mec, et d'autres, avec quelques nanas

69

d'ailleurs, ils étaient juste flippants.
Lui venait souvent seul, complètement barge, il partait au quart de tour pour des conneries. Il a failli buter des gars ! Mais j'allais pas appeler les flics, tu l'as dit toi même, t'as vu à quoi ça ressemble chez moi ? »
« *Vous l'avez vu en compagnie d'un de ces deux gars ?* » dis-je en montrant des photos d'Alvarès et de Giraud.

« Jamais vu ceux-là non. Mais si ils sont comme lui c'est tant mieux. J'ai essayé de le virer plusieurs fois, de la manière douce à la manière forte, mais rien n'y faisait. Il mettait à terre tous mes gars, et tout le monde a fini par avoir peur de lui. J'ai vu son avis de décès dans le journal, j'ai su qu'il était marié. Je sais pas comment sa femme faisait, si il était pareil à la maison, mais merde... Il avait un problème ce mec. Son regard était effrayant au possible. Si le Diable avait un visage, ça serait le sien. »

Le Diable... Encore et toujours. Je sors de là le ventre ballonné de toute cette mauvaise bière que j'"ai pris par politesse – et parce qu'après avoir vu les armes sous le comptoirs et une belle collection de couteaux de chasse, je me suis rendu compte que je tenais à la vie – mais aussi la tête pleine d'autres questions.

Ce gars est passé de l'homme idéal au mal incarné. Y'a quelque chose de pas cohérent.

Trop de pièces manquent au puzzle.

Mais je vais les rassembler, j'y arriverais.

~ DIXIEME CHAPITRE ~

Avant de rejoindre le commissaire, je m'achète un truc à bouffer dans un fast-food pas très loin du pastif. Ils ont tous l'air aussi cons que là-bas. Un truc inhérent au quartier je suppose.
Bref, me voilà posé avec un burger presque froid dans les mains, à essayer de comprendre ce qu'il m'est arrivé jusque là. C'est tellement le bordel que parfois, avant de m'endormir, j'aimerais que rien de tout ça ne soit arrivé et que je sois resté amnésique. A me construire une vie.
Mais non, je sais que je n'aurais jamais pu vivre avec l'incertitude. J'ai soif de réponses, tellement que je suis allé seul dans ce bar craignos ou, soyons un peu honnête, il y avait plus de menaces que de réel danger. A moins que je sois bien tombé... Dommage que mon impatience m'ait empêché de voir le commissaire avec son beau-père, mais on ne pas pas tout avoir non plus.
Enfin en tous cas, cette piste ne m'a pas mené bien loin. Je sais juste que le comportement de Franck avait changé. Tout comme celui d'Antoine.

En début d'après-midi, je rejoins le commissaire dans son QG.
Je le trouve dans son bureau, des tas de papelards étalés devant lui et l'air fatigué comme si il n'avait pas dormi depuis une semaine.

« Dure nuit ? »

« Rien ne vous échappe »

« Je sais. A l'allure ou je vais, je prend votre place dans six mois. »

« J'ai bossé toute la nuit sur ce qu'on sait pour le moment des trois gars... C'est incroyable... On a des tonnes d'informations, mais c'est comme si on n'avait rien ! Y'a absolument aucun lien entre ces types si ce n'est leur comportement étrange quelques semaines avant votre agression. »

« Ouais, Franck était super violent et mauvais, et Antoine était prostré toute la journée chez lui, sauf les trois heures quotidiennes ou il s'échappait »

« Comment vous savez que Franck était

violent ? Ce n'est noté nulle part ! »

Il commence à s'agiter dans tous les sens, par peur d'avoir oublié quelque chose sûrement, et fouille dans ses papiers d'une manière frénétique.

« Calmez-vous chef ! Je le sais parce que je suis allé au Pastif ce matin parler à votre beau-père... Enfin ex beau-père »

Je le vois devenir rouge pivoine et m'empresse de terminer mon compte-rendu avant d'être probablement envoyé six pieds sous terre.

« Franck venait souvent là bas, mais tout le monde avait peur de lui. Même l'ex beau-père en menait pas large quand il a vu la photo. La moindre remarque, le moindre bruit pouvait le faire démarrer au quart de tour. Il aurait été très près de tuer un homme plusieurs fois. En tous cas, il tapait dur et souvent. Votre ex beau-père à dit que si le Diable avait un visage, ce serait celui de Franck .»

« Mais bon Dieu, qu''est-ce qu'il vous a pris d'aller là-bas bordel ?! Et seul en plus !

« J'ai pas été agressé, je suis en un seul morceau »

« Il s'agit même pas de ça pauvre con ! Ce truc c'est un coupe-gorge. Littéralement !
Il y a eu des tas de morts suspectes là-bas. Ou des personnes retrouvées mortes et ayant été vu là-bas pour la dernière fois ! Vous avez eu de la chance, et seulement de la chance ! »

« Mais sinon pour les infos que je ramène... ? Ça nous mène pas beaucoup plus loin je sais mais même. J'ai risqué ma vie comme vous dites pour les avoir, et même pas un merci ! »

Il pousse un long soupir :

« Vous ne voulez-pas une médaille tant que vous y êtes ? »

« Pourquoi pas ? »

« Arrêtez vos âneries ! Bon... Plus d'infos c'est toujours bon à prendre. Et on en revient au Diable.
Ce qu'ils ont écrit sur leur note de suicide, ce qu'Alvarès vous à dit et maintenant ça.
Ça sent pas bon, pas bon du tout... »

« Ouais désolé j'ai mangé un burger pas terrible à midi. »

Le commissaire lève les yeux au ciel.

« Vous ne pouvez pas prendre quelque chose au sérieux pour une fois? »

« J'ai du mal, j'avoue. Mais Je suis aussi déterminé que vous à savoir tout ce qui se trame. Le Diable... Une secte satanique ? Le genre de trucs ou on sacrifie des vierges et tout et tout ? »

« N'allons pas trop vite en besogne. Il nous reste à voir les proches d'Alvarès et ensuite on pourra peut-être connecter les choses . »

Ma journée a été intense. Je ne sais pas vraiment quoi en penser.
Je suis un peu paumé perso. Le diable, les suicides, la démence... Tout ça aurait un lien avec la tentative de meurtre dont j'ai été

victime ?

Je monte les marches jusqu'à mon appartement, la tête engourdie par ce qu'il m'arrive en ce moment.
C'est là que je découvre, scotchée sur ma porte, une enveloppe.
A l'intérieur, un message :

**EN MENANT TON ENQUETE
TU T'APPROCHES DE LA VERITE
CHERCHE ET TU SAURAS ENFIN QUI TU ES
ET LA SEULEMENT, TU POURRAS NOUS REJOINDRE**

Tiens, comme par hasard ! On parle de secte sataniste et et je reçois encore un message de ce dépravé.
Qu'il se rassure, pour chercher, je cherche.

~ ONZIEME CHAPITRE ~

Mon cerveau a tellement carburé cette nuit que je ne serais pas étonné d'avoir de la fumée qui me sorte des oreilles. Pas moyen de fermer l'œil entre l'enquête, la perspective de voir la famille d'Alvarès et ce putain de mot scotché sur ma porte. Peu importe celui qui fait ça, je lui ferais comprendre sa douleur quand je le retrouverais. Enfin, après lui avoir soutiré les informations qu'il semble posséder sur moi.

Pour tenir le coup après cette nuit blanche, j'enchaîne café sur café. En espérant que cela me procure assez d'énergie pour affronter la famille d'Alvarès. Parce que lui, contrairement à ses deux collègues, est vivant. Fou à lier, oui, mais vivant.

Quand le commissaire vient me chercher, je me dis que, comme d'habitude, le trajet va être long et ennuyeux.
Mais comme pris d'une soudaine envie de tailler la bavette, il se met – miracle ! - à me parler au bout de deux minutes.

« Chez Alvarès je rentrerais seul d'abord. Puis, quand je vous ferais signe, vous pourrez descendre de la voiture et me rejoindre. »

« Et pourquoi ce soudain changement de mode opératoire commissaire ? »

« Alvarès est vivant. Enfin si on peut dire. La famille harcèle le commissariat, les avocats et j'en passe, parce qu'ils sont persuadés qu'il ne vous à jamais attaqué mais qu'il a été également victime.
Autant dire que voir le commissaire sur le pas de leur porte, ça ne va pas les enchanter. Alors j'essayerais du mieux possible de décanter un peu tout ça, et ensuite je leur parlerais de vous. Si ils sont d'accord pour que vous veniez, je vous ferais signe. »

« En gros je poireaute dans la bagnole le temps que vous tentiez de raisonner une famille hystérique pour qu'ils acceptent de me voir ?

« C'est bien résumé. »

« Ben essayez de résumer la prochaine fois. Vous vous donnez pas mal au crâne à faire des élocutions si longues ?

« La seule chose qui me donne mal au crâne c'est vous. »

« Vous voulez de l'aspirine ? »

Sans même prendre le temps de me répondre, il se gare près de la maison d'Alvarès et en sors aussi sec.

« Seulement quand je vous aurait fait signe ! » dit-il en claquant la portière de la voiture.

Les minutes passent tellement lentement qu'elles me paraissent des heures. Pour m'occuper je fouille un peu dans la voiture, des fois que le commissaire ne soit pas blanc comme neige. Je trouve un paquet de clopes, un briquet... Je sais pas si je fumais avant ou pas, mais qui ne tente rien n'a rien.

La première taffe me fait d'une brûlure et me donne une sacrée quinte de toux. Les suivantes sont moins désagréables. L'habitude, sans doute, que j'ai dû déjà fumer à une époque.

J'ai le tournis de la première clope d'ado, celle ou on se planque pour pas se faire griller en train d'en griller une.

Je me demande comment j'étais... Enfant. Ado. Adulte. Je ne suis pas certain de le savoir un jour. On dit qu'on se construit avec son passé, ses expériences. Je n'ai aucun passé et niveau expériences j'ai l'hosto et le commissariat. On peut dire que ça fait faible pour se construire. Surtout que personne ne me connaît, ou en tous cas pas assez pour s'inquiéter de mon absence, donc je ne peux me fier à personne pour glaner des souvenirs.

Le commissaire met un temps fou. Il est peut-être mort, qui sait ? Puisque la famille à l'air hostile à la police.

J'ai à peine le temps de rire de l'image que je me fais du commissaire poursuivi comme un cafard dans la maison, que celui-ci me fait signe de rentrer. Il est pas mort en fin de compte. Ou alors c'est un zombie. Ça expliquerait son côté apathique...

J'écrase ma clope sur le bitume et je rejoins le commissaire dans la maison de la famille d'Alvarès.

« Tout le monde est dans le salon, ils veulent vous poser un million de questions. Désolé de devoir en arriver la, mais peut-être parviendrez-vous à obtenir vous même des réponses. »

J'entre dans le salon avec le sentiment de rentrer dans la cage aux lions. Sentiment justifié, car une jeune femme aux cheveux noir d'ébène se lève et se met à me hurler dessus :

« Je croyais t'avoir dit de ne plus entrer dans cette maison ! Alors tu dégages ! Qu'est-ce que tu fous là d'abord hein ? Luis n'est pas là ! Tu pourras plus l'emmerder pauvre con ! »

« Alors d'abord, pardonnez-moi moi si ma présence vous offense, mais j'ai été agressé et Luis d'ailleurs fait partie des personnes considérées comme responsables de cette agression. Mais moi j'en ai aucune idée puisque je suis amnésique depuis. Je ne me rappelle de rien avant l'agression. »

« C'est quoi encore que ce gros mytho ? Tu veux nous faire passer pour fous devant le commissaire ? Que l'affaire soit enterrée? Tu veux quoi ? »

« La vérité – s'empressa de dire le commissaire entre deux cris- la vérité tout comme vous. Il est réellement amnésique. »

La jeune femme marqua une pause, nous toisa tous les deux puis dit :

« Mais la, genre il se rappelle de rien du tout ? De son amitié avec Luis, de nous, de sa vie d'avant... ? »

« Ha non, rien du tout. J'ai même dû m'inventer un prénom parce qu'impossible de savoir comment je m'appelle. »

« Tu t'appelles Louis. Louis Carrell. »

L'annonce de mon prénom est tellement violente que je pense n'être pas passé loin de l'AVC.

Comme si une pièce du puzzle venait s'insérer de force dans mon cerveau. Je bloque totalement, c'est le premier élément de mon identité qui m'est donné depuis mon réveil.

Remarquant que ça fait un moment que je ne dis rien, et que personne ne dit un mot non plus d'ailleurs, je me décide à prendre la parole :

« Louis Carrell... ? Et vous savez quoi sur moi exactement ? »

« Que t'as débarqué dans la vie de Luis, qui d'ailleurs est mon petit-frère, et qu'il est devenu de plus en plus bizarre après ça. Tu l'emmenais en soirée alors qu'il sortait jamais avant. Il a même refusé de garder ses neveux et nièces parce que vous aviez « un truc super important à faire ». Et c'est un tonton gaga c'est dire !

« Mais vous savez ou, ou comment on s'est rencontré ? »

« Un jour il est revenu de la salle de sport. Il était en jogging, en sueur bien sûr. Il a toujours préféré prendre sa douche à la maison. Et toi t'étais juste là, dans ton costard qui vaut sûrement plus que la maison, et il nous à juste dit « Je l'ai rencontré à la sortie de la salle de sport, il est cool du coup je lui ai proposé de rester manger ». A partir de là, et jusqu'à ce qu'il devienne fou, t'étais toujours plus ou moins dans les parages. Deux fois par semaines physiquement et sinon non-stop dans la tête de Luis »

« Je m'habillais toujours comme ça ? Je me comportais comment avec vous, avec Luis ? »

« Toujours très élégant, tiré à quatre épingles. Gentil avec les enfants, mais nous tu nous calculais pas sauf pour dire « bonjour » ou « merci » ou « au revoir ».
Et avec Luis. Putain je sais pas ce que tu lui avais fait... Il te vénérait presque comme un Dieu.
Il t'admirais, te suivais partout, allait même emmener ton linge au pressing ! Un vrai clébard.
Et un clébard tellement fidèle à son maître qu'il valait mieux pas dire du mal de toi devant lui. Sinon il sortait les crocs. Il avait un regard flippant. Comme si il voulait nous tuer. Et quelques secondes après, c'est comme si rien

ne s'était passé. Il était comme drogué. »

Bizarre... Comme si j'avais domestiqué ce type. Je suis ce genre de mec ?

« Et de moi, vous saviez quoi ? Qu'est-ce que je vous avais dit ? »

« Que tu travaillais dans les affaires un truc comme ça. T'as jamais voulu préciser quoi que ce soit pour ton job. Ho, et tu nous as dit que tu avais été marié aussi, mais que tu étais divorcé « pour le meilleur » comme tu disais. »

« Attendez... J'ai une femme ?! »

« Ex-femme. Et apparemment ça ne s'est pas bien terminé. Je sais pas si elle est dans le coin mais je crois pas. D'après toi elle s'était éloignée et t'avais l'air plutôt content. On a jamais su son nom. »

J'ai été marié. Marié putain. Bien terminé ou pas, maintenant que j'ai mon vrai nom, je vais pouvoir la retrouver et avoir d'autres éléments sur ma vie !

« Ho, un dernier mot »
« Oui ? »
« Vous êtes un putain de connard psychopathe. N'oubliez jamais ça »

~ DOUZIEME CHAPITRE ~

Mon nouveau moi en prend plein la gueule à cause de l'ancien moi.

Entre deux tartes, je réussis à savoir que Luis et moi on partait souvent au « Lucifer », un bar du coin. Cette coïncidence est tellement énorme qu'il est impossible de ne pas aller voir ce qu'il s'y trame.

En sortant de chez les Alvarès, je suis courbaturé, amoché mais heureux. J'avance au moins, j'avance. Même si l'ancien moi ne faisait apparemment pas du tout l'unanimité auprès de cette famille, c'est tout de même avec eux que j'ai eu le plus de réponses.

Je connais mon nom déjà. Louis Carrell... C'est pas trop mal. Et fait « tilt » dans mon cerveau, c'est que ma mémoire s'est réactivée un peu. Du moins pour ça. Ça commence.

Par contre j'ai l'air d'avoir été un connard, du moins avec Luis. Si sa famille m'aime aussi peu c'est qu'il a vraiment du changer, et pas en bien, quand j'ai débarqué dans sa vie.

Merde... Mais j'étais qui ? Un manipulateur ou juste un mec qui a débarqué peu de temps avant que la bombe psychiatrique qu'était Luis n'explose ? En plein dans ma tronche en plus.

Et cette admiration qu'ils disent qu'il avait à

mon encontre... Tout ça ne me dit rien qui vaille.

J'ai l'impression de nager dans les méandres dans mon cerveau. Et je me noie. Toute nouvelle information me rajoute un poids de plus et m'empêche de garder la tête hors de l'eau.

Plus on avance dans l'enquête, plus je suis perdu. Et j'enquête sur moi-même, c'est dire si c'est complexe. Et étrange.

Mon émotion actuelle est bloquée entre la folle impatience d'avancer dans l'enquête avec ces nouvelles informations, et la peur de ce que je vais découvrir sur moi.

J'ai moyennement l'envie de m'en prendre plein la tronche chaque fois que quelqu'un me reconnaîtra. Remarquez, plus je prendrais de gnons, moins je serais reconnaissable. On va dire que ça se tente. Je ressemblerais à Elephant Man, mais j'aurais moins d'emmerdes.

« Vous étiez capable de manipulation auparavant. »

La voix du commissaire me sors de mes pensées. J'ai complètement occulté le fait qu'on est en bagnole.

« C'est pas sûr. Regardez comment il a fini Alvarès. Il avait déjà un souci. »

« Un souci qui a commencé dès votre arrivée dans sa vie. »

« C'est peut-être une coïncidence. Et puis si je le manipulais, pourquoi me tuer ? Par vengeance ? Par folie ? Tout ça est trop compliqué encore. »

« C'est bien d'essayer de ne pas être négatif, mais il faut savoir rester réaliste. Ça craint pour vous. »

« Toute cette histoire craint. »

« Ils auront sûrement plus d'informations au Lucifer. Nous aviserons après. »

Quinze minutes plus tard, nous voici devant la façade du Lucifer, un bar qui a vraiment de la gueule: Peinture noire et rouge, le nom du bar écrit en lettres de feu, souligné par une fourche en néon rouge. Au moins on sait ou on fout les pieds, c'est déjà ça.

Le bar est fermé mais le gérant, un homme d'une quarantaine d'années, bien habillé, ses cheveux noirs plaqués vers l'arrière, est bien présent et me prend dans dans ses bras avec un grand sourire.

« Louis ! Putain Louis t'es en vie mec ! Quand j'ai appris pour Luis j'étais effondré mais ensuite j'ai eu tellement peur en ne te voyant pas revenir ici ! J'ai cru que toi aussi tu avais tourné la carafe ! Ne me refais plus jamais ça, mec ! »

Il stoppe son étreinte pour me dévisager de haut en bas.

« Hé ben tu as changé de look... C'est... Disons que ça change, j'ai pas l'habitude. »

« Je m'habillais comment avant ? »

« Ha ha, sacré Louis ! Toujours le mot pour rire ! »

« Je suis sérieux. J'ai été agressé par trois hommes, dont Luis. Depuis je ne me souviens de rien de ce qu'il s'est passé avant. Je viens tout juste d'apprendre mon prénom, c'est dire !

Et je connais pas le tien. »

« Sérieux ? Ho putain mec je suis vraiment désolé pour toi. Moi c'est Samuel Maréchal, mais appelles-moi Sam, tu m'appelais tout le temps comme ça. Dis moi ce que tu veux savoir »

« Qu'est-ce que je faisais ici avec Luis? »

« Vous buviez des verres, vous rigoliez souvent et puis vous aviez l'air de bosser pas mal sur des trucs assez complexes. »

« Du genre ? »

« J'en ai aucune idée, y'avait des pages noircies de notes, des feuilles imprimées, pas mal de chiffres... »

« Des choses qui auraient pu vous faire penser à de la chimie ? » dit l'inspecteur dont j'avais oublié jusqu'à l'existence.

« Vous êtes flic ? »

Il fait oui de la tête.

« Je parle pas aux flics, ça apporte que des emmerdes. Sortez s'il vous plaît. Désolé Louis mais ça je peux pas. »

Avant que le commissaire ne puisse en placer une, je me dépêche de faire une proposition/

« Et si lui sort et qu'on est que tous les deux ça te va ? »

Il semble hésiter quelques secondes puis accepte ma proposition.

Le commissaire grommelle un moment puis finit par sortir.

« Maintenant, dis moi tout ce que tu sais »

~TREIZIEME CHAPITRE ~

Samuel à dans les yeux cette lueur qu'ont les proies devant les prédateurs.
Ce n'est qu'au bout de quelques secondes que je me rend compte que je le tiens fermement par le col de sa chemise. Je finis par le lâcher et demande :

« Alors, dis moi ce qu'on faisait ici avec Luis. »

« Je... Je ne sais pas exactement. Il y avait des chiffres partout, des listes incompréhensibles... »

« Quel genre de liste ? »

« Au... Aucune idée, j'ai jamais vraiment regardé »

« Tu mens »

« N-n-non Louis je te jures ! »

Je le reprend par le col et le rapproche de moi.

« Je ne supporte pas qu'on me mente, alors je

vais te le demander encore une fois, sac à merde : Qu'est-ce qu'on foutait avec Luis et qu'est-ce qu'il y avait sur cette putain de liste ?! »

Il a l'air apeuré, effrayé. Et pourtant il hésite.

« Louis, calmes-toi... Je... Je sais juste qu'il y avait des noms sur vos listes mais aucun ne me disait quelque chose alors j'ai pas retenu quoi que ce soit. Et vous avez jamais voulu me dire quoi que ce soit sur ce que vous faisiez... »

Il tremble de partout.

« Pitié Louis, me frappe pas.... » dit-il en se protégeant le visage.

« Arrêtes ton baratin, tu sais très bien ce qu'on foutait ici. T'as l'air de la fouine parfaite. »

Je le plaque contre le mur avec violence et commence à l'étrangler.
Je ne contrôle rien.
Je ne sais pas ce que je fais.
Je suis en pilote automatique.

Tout à coup, Samuel attrape une bouteille de bière vide et me la casse sur la tête, réussissant ainsi à le libérer de mon emprise.
Je suis sonné, je ne sais plus ou je suis pendant quelques secondes, mais je sais ce que je veux.

Il se met à courir dans le bar vers la sortie, sa respiration retrouvée. Je le rattrape et parviens à le faire tomber par terre.
Je le traîne par le bras jusque derrière le bar, attrape un des couteaux, me met au dessus de lui et met la lame sous sa gorge.

« C'est ta dernière chance de me dire la vérité Sam, ta toute dernière chance.

Ma respiration est hachurée, mes pupilles dilatées, mon cœur bat a cent à l'heure... La, au dessus de cette homme, menaçant de lui trancher la gorge, je me sens incroyablement bien. L'adrénaline est en chacun de mes gestes, chacun de mes mots.

« Louis, je t'en prie – dit-il, sanglotant et tremblant – je t'en prie putain. »

« DIS MOI LA VERITE OU TU CREVES, T'AS COMPRIS LA ? »

« Mais Louis, c'est toi qui m'a fait promettre de ne rien dire à personne ! Même pas à toi. ! Mê...même si ça devait me coûter la vie. »

«C'est quoi ce bordel ? C'est quoi cette merde que tu me raconte ?! »

« Tu ne voulais pas que n'importe qui sache ça, et même toi si tu venais à l'oublier. Tu m'as dit de protéger ça au péril de ma vie. Mais je t'en supplie Louis, ne... ne... ne fais pas ça. Accordes-toi le droit d'être quelqu'un d'autre »

«Comment ça ? »

« Quelqu'un de bien »

« Tu ne racontes que de la merde, tu ne racontes que de la merde pour m'embrouiller ! »

La, tout va très vite.
Le couteau va et vient dans sa poitrine.
Le sang gicle partout.

Sur les murs, sur le sol.
Sur mon visage.
Ses cris finissent par s'arrêter.
Mais pas moi.
Comme si je n'étais pas encore rassasié.
Comme si je rattrapais le temps perdu.
Je me sens bien.
Je me sens moi.

Calmement, je vais ranger Samuel dans un des congélateurs.
Calmement je vais nettoyer le bar.
Calmement je nettoie le couteau.
Calmement je vais récupérer dans l'arrière boutique un costume qui paraît être à moi et je me lave un peu.
Calmement, mais toujours rempli de cette adrénaline qui semble ne pas vouloir partir, je sors.
Calmement je retrouve le commissaire.

« Beau costume ! Mais est-ce que vous avez réussi à glaner d'autres informations ? J'espère que oui vu le temps que ça a pris.»

« Sur la liste il y avait des noms mais il ne se souvenait d'aucun »

« Vous allez bien ? Vous avez l'air pâle et fatigué. »

L'adrénaline retombe. Mes mains commencent à trembler, je transpire...

« Je vous ramène chez vous pour vous reposer, vous me direz ce que vous avez su avec notre ami Samuel sur la route ».

En rentrant, mes mains tremblent de plus en plus, je sue, je suis au plus mal. Et c'est la que ça vient frapper mon esprit.

J'ai. Tué. Un. Homme.

Et ensuite j'ai tout nettoyé calmement derrière moi.
Comme si c'était logique, normal, inscrit dans mon code génétique.

Putain de bordel de merde, je viens de tuer un homme de sang froid !

Je file sous la douche, comme pour me laver de tout ce qu'il vient de se passer.
Et la, comme un con, assis par terre dans un coin de ma douche, je pleure.

Oui je voulais savoir qui j'étais, bien sûr. Mais un tueur ? Non... Non ce n'est pas possible.
Et pourtant cette partie de moi à pris le dessus avec Samuel. Je n'arrivais à rien contrôler. J'ai subi ce qu'il s'est passé tout autant que j'ai aimé cette explosion d'adrénaline.

C'était irréel. Oui c'est ça, ça n'est jamais arrivé. Je ne peux pas avoir fait ça, je ne suis pas comme ça. Je suis quelqu'un de bien. Antipathique mais quelqu'un de bien. Pas le genre à tuer quelqu'un.

Au bout d'une heure, je sors de la douche. Je m'habille le plus normalement possible – jean et t-shit – et je regarde avec dégoût et très mal à l'aise le costume qui repose sur la chaise dans ma chambre.

On sonne à ma porte.
J'ouvre et découvre un mec un peu rondouillard, la trentaine.

« Qu'est-ce que vous me voulez ? Parce que là c'est pas vraiment le moment ».

« J'ai une lettre en recommandé pour vous »

Je signe, récupère la lettre et ferme la porte rapidement pour éviter d'entendre ce connard de facteur une seconde de plus.

J'ouvre la lettre, et y trouve un mot :

Tu as commencé à découvrir qui tu es
Ne luttes pas et rend toi à l'évidence
Si tu veux connaître la vérité
Viens à l'adresse indiquée dans quatre jours

L'adresse indiquée ?
Ha oui merde l'adresse sur l'enveloppe. 14 rue Dimont.
Dans quatre jours.
Putain, c'est moi ou ma vie part clairement en couilles ?

J'ai pas dormi de la nuit. Comment réussir à dormir quand on à assisté à un meurtre alors qu'on était le meurtrier ?

Et merde, ce bien que ça m'a fait sur le moment, ça fait flipper. Comme si mon corps et mon cerveau n'attendaient que ça. Comme si ils avaient besoin de se rassasier.

Alors je suis le genre de personnes qui tue des gens ? A la moindre contrariété en plus ?

Et la prochaine fois que quelqu'un me refusera une information je vais faire quoi ? Les liquider aussi ?

Et il a dit que je lui avait dit de ne donner aucune information sur moi à personne, et même à moi.

Quel taré demande un truc pareil ? Est-ce que j'avais prévu de perdre la mémoire ? Est-ce que j'avais prévu de changer de vie et que donc je ne voulais plus rien savoir de ce que je faisais.

Mais merde, qu'est-ce que je faisais ? Des chiffres, des listes de gens... Tout ça est tellement flou...

Sans compter ce mystérieux mot de hier soir. Manuscrit cette fois. Et cet étrange rendez-vous.
Vais-je y aller ?
Ma conscience me dit non, mais ma curiosité me hurle oui. A voir.

On frappe à ma porte. C'est le commissaire.

« Ça va mieux qu'hier ?

« Ouais, ça va. Vous débarquez directement chez moi maintenant ? »

« C'était sur ma route »

« Quelle route ? »

« Vous vous rappelez tout de même que vous avez trois agresseurs au compteur. On en a encore un à approfondir »

« Antoine Giraud je suppose. Ouais, on a que

ce que sa femme nous à dit... Ça serait pas mal d'aller à son boulot pour voir à partir de quand il a commencé à péter un plomb ».

« Vous commencez à être doué ».

« Je vous aurais bien dit que j'ai un bon professeur, mais je n'aime pas mentir ».

« En tous cas on doit y aller, habillez-vous, c'est à 15 minutes d'ici ».

Je me rend dans la seule de bains et je me rends compte que je tremble. Serait-ce la peur que le commissaire découvre tout ou le manque... ? Je n'ose imaginer la seconde éventualité. Encore une fois je ne suis pas cette homme. Je ne le suis plus. Mais merde j'ai tellement fait ça mécaniquement... Qui sait combien de personnes j'ai tuées de sang froid? Combien de cadavres dans le placard ?
Tout ça est foutrement effrayant, mais il faut que l'enquête continue. Avec un peu de chance, je découvrirais une belle image de moi.

Avec un peu de chance.

~ QUATORZIEME CHAPITRE ~

Sur la route, je sens que mon pouls est rapide. Comme si l'adrénaline revenait. Je dois faire quelques exercices de respiration pour parvenir à me calmer.

« Vous pensiez qu'il allait ou ? Encore dans un bar ? »

« D'habitude c'est moi qui vous pose les questions et vous qui me dites d'attendre de voir ce qu'il se passera. Nerveux commissaire ? »

« Pas du tout, c'est juste que j'ai la fâcheuse impression qu'on tourne en rond, je ne sais pas ce qu'il va ressortir de ça. »

« Et ben on va attendre et voir ce qu'il se passe commissaire ».

Nous voilà garé devant la librairie d'Antoine Giraud. Une petit boutique qui donne envie d'y entrer.
Ce que nous faisons, évidemment. L'endroit est très « cosy », un peu d'encens parfume la librairie.

« Je peux vous aider ? » demande soudain une petit voix cristalline au fond de la librairie .

« Vous parler de Mr Giraud » répond le commissaire en montrant sa plaque.

Une jeune et jolie jeune femme d'une vingtaine d'années, métisse aux yeux bleus et des cheveux noir d'ébène, sort d'une petite pièce au fond de la librairie.
Elle semble tout à coup devenir pâle, comme si elle voyait le fantôme d'Antoine au lieu de nous voir nous.

« De quoi vous voulez parler ? Il s'est suicidé. C'est déjà assez difficile comme ça sans avoir des flics qui débarquent pour me poser des questions ».

« Un flic en fait. Moi je suis l'homme qu'Antoine et deux autres gars ont presque battu et poignardé à mort. »

« Il n'aurait jamais fait ça, ce n'est pas lui. »

« Pourtant les preuves vont vers la. Apparemment. Demandez au commissaire

pour les détails. Par contre, sa femme nous a dit que quelques semaines avant ça, il était devenu très étrange, et ne venait plus au travail vers la fin ».

« C'est vrai qu'il était étrange. Il restait tous les soirs après la fermeture « pour ranger et trier » qu'il disait. Moi j'ai pensé que sa connasse de femme lui foutait la pression, parce que je l'avais déjà vu une fois quitter la librairie une demi-heure après et prendre une direction opposée à celle de chez-lui, mais bon. . Et après il ne venait plus du tout. Plus de nouvelles, sa femme ne savait rien non plus. Il a juste... disparu. Et ensuite on a appris son suicide ».

« As-t-il évoqué quelque chose de nouveau dans sa vie dans cette période là ? Une nouvelle connaissance ? »

« … Ha oui ! Il en parlait tout le temps ! Il n'a jamais évoqué son nom ceci dit mais apparemment c'était un homme absolument formidable parce qu'il fallait qu'il en parle au moins cinq fois par jour. »

« Et son attitude bizarre, elle coïncide avec la

venue de cet homme dans sa vie ? »

« Maintenant que vous le dites, oui, ça doit correspondre ».

« Vous savez ce qu'ils faisaient ensemble ? ».

« Aucune idée, j'ai demandé une fois mais on m'a poliment répondu que ça ne me regardait pas. »

« Vous avez une idée d'un bar ou il aurait pu aller ? Un point de chute ? »

« Antoine ne sortait pas beaucoup, mais le peu de fois ou je l'ai entendu dire qu'il sortait, c'était toujours « Chez John » pas loin d'ici. »

« Merci ».

Encore un bar, à croire que tous mes agresseurs – ou amis ? Je ne sais plus avec tout ça – étaient des pochetrons notoires. Ou alors c'était moi.
Avec le commissaire on décide d'aller vers ce bar en marchant, et j'avoue que je préfère ça. Dans la voiture j'étouffe plus qu'autre chose.

« On dirait que vous étiez apprécié de vos agresseurs... »

« Pour Franck on en a aucune idée, on sait juste qu'il allait dans un bar miteux et qu'il était violent »

« Je suis persuadé qu'on peut trouver un lien entre vous deux en cherchant bien. Il ne peux plus y avoir de coïncidences là. »

« Je suis perdu à vrai dire, je me demande bien quel genre de mec j'étais... »

« A priori le genre d'hommes qui finit par se faire agresser par trois amis à lui ».

Ce qu'il dit n'est pas faux, je ne sais pas comment j'étais, mais l'image du gendre idéal que j'avais au début en a pris un sacré coup.
On s'approche du bar tranquillement, et nous voyons en sortir un homme, un fusil à la main. Merde ! Mais quand est-ce que le monde est devenu aussi fou ?

« Toi là – dit-il au commissaire – tu peux entrer autant que tu veux, mais ce fils du pute reste ou il est ! »

Violent comme accueil. Et sacrément flippant !

« Qu'est-ce que je vous ai fait pour être menacé de la sorte ? »

« Tu sais très bien ce que tu as fait, gros tas de merde, alors bouge pas d'un cil si tu veux pas que je te troue le bide : »

« Bon ben, vous attendez ici et je vous brieferais » dit le commissaire en traversant la route vers le bar.
Putain. Plus ça va plus une image horrible de moi se dégage. Je ne veux pas être cet homme.
Mais, est-ce que j'ai le choix ? J'ai déjà tué un homme de sang froid.
J'aimerais tellement remonter le temps .

~ QUINZIEME CHAPITRE ~

Pendant que « John » et le commissaire taillent une bavette, moi je me ronge les sangs.

Qu'est-ce qu'ils sont en train de ce dire, là-dedans ?

Quelles nouvelles informations sur moi-même vais-je découvrir ?

Dans ma tête, tout se mélange, tout s'entasse et devient une bouillie à la fois étrange et infâme. Depuis que nous avons commencé cette enquête, j'ai l'impression de pister un monstre, et pourtant c'est moi que je piste. Mais je ne me reconnais pas. Tout comme je n'ai rien compris à ce que j'ai fait à Samuel... Ce n'était pas moi. Ce n'était pas ma main qui tenait ce couteau. C'est impossible...

Et pourtant, j'ai pris du plaisir au fur et à mesure des coups de couteau que j'asséUnis au pauvre homme. Et l'apogée, que dis-je, l'extase à été d'entendre son dernier soupir. Ensuite tout a été tellement mécanique que je ne sais pas si c'était vraiment réel. J'ai tout « rangé » de manière si minutieuse...

Cet homme. Cet homme que je suis devenu l'espace de quelques minutes... Je ne veux pas être lui.

Je refuse d'être cet homme qui prend plaisir à

la mort de son prochain....

Je fume clope sur clope en attendant le commissaire, je rumine tout ce qui a été découvert sur mes agresseurs, sur moi. Tant de pièces manquent au puzzle, ça en devient insupportable !

« Vous n'avez pas attendu trop longtemps Monsieur Henry Montgomery ? »

Je me retourne et fais face au commissaire.

« *Monsieur qui ?* »

« Monsieur Henry Montgomery. En tous cas c'est le nom que vous donniez à tout le monde dans ce bar. »

« *Vous êtes sérieux ? Encore un nom différent ? Mais merde, j'étais quoi ? Un agent secret ?* »

« Ou un grand criminel » me dit-il en me tendant ce qui ressemble à une carte de visite.

Si vous voulez connaître la véritable extase

Si vous voulez toucher les étoiles
Si vous voulez tester les limites de votre corps et de votre esprit
Alors appelez-moi pour une expérience que vous n'oublierez jamais
(Expérience rémunérée)

0658774411

<u>*Henri Montgomery*</u>*, pour vous servir*

« Ça ressemble à quoi à votre avis ? »

« *A la carte de quelqu'un qui vend de la drogue...* »

« Exact »

« *Et c'est pour ça qu'il voulait me buter l'autre ?* »

« Pas exactement. Au départ il ne savait pas ce que vous faisiez, il pensait que vous étiez un gars comme un autre, quelqu'un qui voulait lancer sa boîte. Mais, au bout de quelques semaines, ses clients habituels devenaient soit totalement absents, « comme des zombies », soit complètement violents, allant jusqu'à agresser des inconnus dans la rue. Et certains ne sont jamais revenus. C'est la qu'il s'est intéressé à votre carte, et il reste persuadé que vous avez à voir avec ça. Tout coïncide un peu trop bien pour lui, et j'aurais tendance à être d'accord. »

« Attendez... J'aurais produit une drogue pour rendre les gens violents ou zombies ? Mais dans quel but ? Et puis apparemment je payais les gens pour le faire ! Ça n'a aucun sens. »

« Sauf si vous êtes un psychopathe qui aime tester de nouvelles drogues sur des pauvres âmes en peine »

« Je ne suis pas comme ça ! »

« Vous l'étiez peut-être, avant ».

« Ça me paraît tellement peu crédible... Je ne sais pas quoi dire... Et pour Antoine ? »

« Votre fidèle serviteur apparemment. Il en distribuait pas mal des cartes de visites, et il faisait à peu près tout ce que vous lui disiez de faire ».

« Comme Luis »

« Oui, à une différence près : il n'a jamais prononcé un seul mot. Pas même un petit son. Dans ce bar en tous cas. »

« Je crois que l'enquête part en couilles commissaire »

« Vous trouvez ? Moi je pense qu'elle commence à devenir intéressante ».

Dans la voiture nous ramenant au commissariat, ça vient tout à coup me percuter.

« J'ai une femme putain. Je vais peut-être pouvoir retrouver ma femme... »

« Votre EX-femme ».

« Arrêtez de jouer sur les mots. Il faudra qu'on bosse pas mal pour la retrouver, mais en tous cas c'est cool. »

« Rappelez-moi quand est-ce que je vous ai dit que je vous aiderais à retrouver votre ex ? »

« Non mais merde, j'ai envie de savoir ! Et elle pourrait savoir des choses sur moi qui pourraient nous aider »

« On verra le moment venu, si ce moment vient ».

———————————————————
———

Arrivés au commissariat, je ne veux pas lâcher l'affaire.

« Putain mais essayez au moins de m'écouter

sérieusement deux minutes ! Ma femme pourrait nous donner des données cruciales sur moi, sur qui j'étais ! Sans compter que j'aimerais bien la rencontrer, parce que, merde, c'est ma femme ! »

« EX-femme. Et je vous rappelle qu'on vous a déjà trouvé deux patronymes. Vous vous êtes peut-être mariés sous un troisième nom, le vrai cette fois. Et qui sait combien vous en avez encore ?
Alors il est impossible de savoir ou est cette femme, ni même si elle existe vraiment. Je refuse de mobiliser une équipe pour ça, alors qu'on pourrait très bien essayer de se débrouiller avec toutes les informations que l'on a pour le moment. Si brouillons soient-elles. »

Je soupire de dépit. Il n'a pas tort, mais en même temps, merde quoi, cette femme est probablement celle qui me connaît le mieux... Et je n'ai aucun moyen de la contacter ou de la trouver. Et si elle n'est pas venue me voir à l'hôpital, c'est qu'elle ne devait pas s'inquiéter de me voir disparaître.
Je me demande si j'ai des enfants. Est-ce que je veux en avoir ? A l'heure actuelle, non. Mais

c'est logique, je ne sais ni qui je suis, ni d'où je viens, ni ce que je faisais dans la vie avant mon coma. Et j'avais l'air de tremper dans du louche alors autant laisser d'éventuels enfants en dehors de ça.

« On se bouge ! » m'ordonne le commissaire.

« OK, pour aller ou ? »

« Vous connaissez l'endroit, mais vous aviez loupé un possible spectacle. Vous avez de la chance, ça a été reprogrammé ».

« On va au Pastif voir ce que votre beau-père a à dire sur Franck et qu'il ne m'a pas dit ? »

« Exactement ».

« Oh chouette ! Sur la route, on pourra s'arrêter pour acheter du pop-corn ? »

~ SEIZIEME CHAPITRE ~

« Vous me laisserez parler et vous resterez bien à l'écart ».
Voila les seuls mots que le commissaire à prononcé depuis que nous sommes en route vers le Pastif. Visiblement nerveux à l'idée de revoir son ex beau-père, il n'a pas desserré les dents. Mes tentatives de blagues débiles sont restées vaines. En même temps, déjà qu'il n'est pas du genre à rire quand il est en forme, alors je le vois mal se poiler alors qu'il est nerveux à ce point-là.
Je me demande maintenant quel genre de vie il a pu avoir. Il a été marié, c'est la seule information dont je dispose. Ça, et son métier. As-il des enfants ? Aimes-t-il jouer au scrabble le dimanche après-midi en buvant le thé ? Aucune idée. On enquête sur ma vie depuis plusieurs jours, mais il est encore plus mystérieux que je ne le suis. Il ne laisse filtrer aucune information le concernant. C'est presque flippant en fait.

Et puis ma femme. Merde, ma femme ! Enfin mon ex-femme. Pourquoi ne veux-il pas essayer de creuser par la ? As-t-il développé une misogynie énorme ? Bon la... Ok ce serait

beaucoup trop compliqué de la chercher si on ne connaît pas mon identité. Mais il semblait presque catégorique.
Alors qu'elle est, à mon sens, un des piliers importants pour savoir qui je suis... A moins que je ne sois... veuf ? Ou alors c'était un divorce horrible. J'ai bien dit aux Alvarès que j'étais « divorcé pour le meilleur ». Encore trop de questions.

Je me rend compte que j'avais laissé ma vitre légèrement ouverte quand l'odeur du mauvais pinard vient m'agresser le pif. Nous nous arrêtons, et en s'approchant de la porte, le commissaire me rappelle :

« Vous me laissez parler et vous restez bien à l'écart ».

Oui Papa.
On entre et toutes les odeurs d'urine, de bière et de Dieu-sait-quoi me reviennent en bloc et me ramènent à ma première venue ici.
Le gérant est de dos, en train de servir du vin bas de gamme à un gars aussi fin qu'une allumette.

« Bonjour Yves » dit le commissaire.

Ce bonjour à pour effet de faire frissonner d'un seul coup le patron. Il se retourne les yeux révulsés, et cours vers nous.

« Qu'est-ce que tu fous là enfoiré ! T'as rien à faire ici ! Sors ou je te plante ici et maintenant ! »

« Ecoutes-moi bien, je suis ici pour une enquête, alors tes états d'âme tu vas les garder pour toi ».

« Mes états d'âme ? Tu te fous de ma gueule ! Tu as tué ma fille, ma chair, mon sang, et tu appelles ça des « états d'âmes ». Moi j'appelle ça du bon sens ! »

« Je ne l'ai pas tuée, elle était cérébralement morte, j'ai juste accepté qu'on la débranche. La laisser comme ça aurait été garder un cadavre. »

Ben merde... Sa femme est morte... Je comprend mieux pourquoi il y a cette animosité entre eux.

« Il y a des gens qui reviennent à la vie des

mois, des années après leur coma ! «

« Je ne suis pas sûr que tu saisisses le principe de « cérébralement morte ». Il n'y avait plus rien d'Elise, juste son corps. Elise était déjà morte. Et elle avait le droit à un enterrement décent, plutôt que de rester ad vitam æternam dans ce lit froid d'hôpital ».

Le vieil homme semble accuser le coup. Cette fois-ci il ne trouve pas de répartie convenable, il est comme... Il est ailleurs.

« Je te pose juste quelques questions pour mon enquête et ensuite je me barre. Et tu ne verras plus ma gueule de con. Promis. »

Le patron acquiesce. Puis, il lève la tête et dit :

« Hey mais le mec là-bas je le connais ! Il est venu avec ses questions sur l'autre psychopathe ! »

« Franck Lucas ? »

« Un taré en tous cas, son nom je m'en suis jamais occupé. Alors il fout quoi ici ? »

« Il m'aide dans mon enquête. Est-ce que tu l'as déjà vu quelque part avant qu'il ne vienne ici la dernière fois ? »

L'homme semble réfléchir, secoue la tête, puis dit :

« Ça pue la merde votre enquête là. Je veux pas être mêlé à ça. »

« Je te demande de réfléchir. Est ce que l'as déjà vu avant ? Est-ce que Franck parlait de quelqu'un en particulier ? »

« Foutez le camp, je veux rien savoir ! J'vais avoir des emmerdes et, que ça t'étonnes ou pas, j'ai pas besoin d'en avoir en rab. »

« Je te demande juste une réponse, et je te fous la paix après ça. »

Il semble réfléchir, se triturer l'esprit, hésiter. Comme si la réponse allait lui brûler la langue. Finalement, au bout de deux minutes interminables, il lève la tête et me pointe du doigt.

« Toi. La dernière fois quand t'es reparti, j'ai

pas arrêté de me dire que je t'avais déjà vu quelque part. Et rien, ça venait pas. C'est qu'au bout d'un ou deux jours que je me suis rappelé. Franck, l'autre taré, c'est toi qui venait l'amener et le récupérer. T'étais toujours bien sapé, comme un homme d'affaires. T'es rentré qu'une seule fois ici. Sinon tu restais dehors, à la porte. Et ce taré, il se calmait direct quand tu étais dans les parages. »

« Et est-ce que je vous ai dit comment je m'appelais ? »

« Il me prend pour un con ? » dit-il en regardant le commissaire.

« Non, il est devenu amnésique suite à une agression ».

« Ça craint ça. Ça doit pas être marrant ».

« Du tout, et du coup je vous ai dit mon nom ? »

« La seule fois ou t'es entré, tu m'a dit que tu t'appelais Jérôme Blanc. »

Louis Carrell, Henry Montgomery et maintenant Jérôme Blanc ? Mais merde, qu'est-ce que c'est que ce bordel ? Pourquoi j'ai autant d'identités différentes ?

« Vous devenez de plus en plus complexe » me dit le commissaire alors que nous sommes de retour au commissariat.

« Et je suis le premier que ça fait chier. Punaise, le personnage que je vois se dessiner ne me plaît pas du tout. »

« Et je vous comprend. Écoutez, ça fait pas mal d'infos à digérer d'un coup, rentrez-chez vous, on mettra tout ça au clair demain. »

Je sors du commissariat en étant comme assommé par le poids des révélations de ces derniers jours.
J'ai besoin d'air, alors je décide de ne pas prendre les transports en commun et d'aller a pied chez moi. Je ne serais jamais plus perdu que maintenant alors bon.
Tout va tellement vite ces derniers jours. Sans

compter mon rendez-vous mystérieux dans trois jours !

Je ne sais pas pourquoi je n'en parle pas au commissaire, mais j'ai juste l'impression que c'est une information qu'il n'a pas besoin de savoir. J'assumerais seul les conséquences si je débarque dans un coupe-gorge.

Alors que je flâne et que je suis dans mes pensées, une jeune femme m'aborde.

« Hé, t'es mignon toi ! Ça te dirait pas de monter prendre ton pied avec moi ? T'en fais pas y'a de quoi se protéger »

« Combien ? »

Je suis surpris de la rapidité avec laquelle j'ai parlé. Je ne pensais pas être le genre d'homme qui va aux putes, mais apparemment si. Et puis, je reste un homme, avec ce besoin primal.

« 50 pour la totale ».

« OK ».

Alors que nous montons les marches de l'ancien hôtel transformé en maison de passe, je ne peux m'empêcher de regarder cette jeune femme devant moi. De jolies formes, de jolies fesses, des seins bien mis en valeur, des yeux verts pétillants et de longs cheveux noirs coiffée en un belle tresse.

Elle doit avoir à peine 20 ans. J'ai cette impression que je devrais être dégoûté par ce que je m'apprête à faire, mais le fait est que je suis parfaitement serein.

Arrivés dans la chambre, elle me demande :

« Tu veux un strip-tease avant chéri ? »

« Pourquoi tu fais ça ? »

« Pourquoi je fais quoi ? »

« Le tapin. Pourquoi tu fais pute ? »

C'est d'une voix très calme que je lui pose ces questions. Je me sens apaisé, mais j'ai étrangement besoin de cette réponse. Comme si savoir me permettrait de me déculpabiliser après.

« Écoute, je vais pas te raconter ma vie, c'est pas pour ça que t'as payé ».

« Tant que tu es payée, peu importe si tu baises ou pas, non ? Alors réponds-moi. Pourquoi tu fais ça ? Tu veux mieux que ça. »

« Qu'est-ce que vous en savez ? Et puis merde, je fais pas ça pour tomber sur des barjos qui veulent se la jouer psy »

Elle se dirige vers la porte et l'ouvre, me faisant signe de partir. Je vais vers la porte et la ferme d'un coup sec, ce qui a pour réflexe de la faire sursauter.

« Je t'ai posé UNE question. »

Mon ton devient un peu plus sec, je sens l'agitation me vriller la tête, l'adrénaline monter.

« Arrêtez ! Vous me faites peur ! »

« Tout ce que tu avais à faire c'était répondre à une simple question ! »

Je ne la regarde plus maintenant de la même façon que quand nous montions les escaliers. Je la vois désormais comme une chose dégoûtante. Une chose qui a osé me manquer de respect en refusant de répondre à ma question.

Elle essaye d'ouvrir la porte pour s'enfuir, mais je l'attrape au poignet, si fort que je sens ses os craquer. Elle hurle avec la douleur, mais personne ne semble être là pour l'entendre.

Je la balance sur le lit et lui attache les poignets et les chevilles à l'aide des cordelettes prévues à cette effet. Mais pour d'autres circonstances que celle-ci.

Je brise la lampe sur la table de chevet et en récupère plusieurs morceaux de verre.

« On avait dit 50 pour la totale, c'est ça ? »

~ DIX-SEPTIEME CHAPITRE ~

Ce que je ressens en voyant le sang couler des scarifications que je fais aux bras de cette jeune pute est indescriptible. Ma vue se fait plus précise à mesure que je fais durer la torture. Plus ça va, plus les entailles sont profondes et douloureuses. L'entendre crier est jouissif au possible. A ce moment précis, je me sens enfin moi-même. Comme un animal, je sais attaquer ma « proie ».

« Je vous en supplie, je vous en supplie, laissez-moi partir, je dirais rien à personne, mais laissez-moi partir » dit-elle apeurée et en sanglots.

Mais je ne l'entend pas, ou plutôt je ne l'écoute pas. Trop concentré sur ce que je dois faire. Car oui, je « dois » le faire, c'est vital. J'ai l'impression que je ne serais que la moitié de moi-même si je ne finissais pas le travail entamé. J'ai l'impression que mon cerveau a besoin de ça pour fonctionner. Besoin de voir du sang, d'entendre des cris, des plaintes, des supplications.

« Tu es jolie... Tu es très jolie. Trop jolie

même... » dis-je en approchant un morceau de verre de son visage.

A la vue de ce dernier elle tente de se débattre avec plus de vigueur qu'auparavant. Mais les liens sont solides et ont déjà entamé sa chair. Elle sait qu'elle ne pourra pas ressortir d'ici. Mais l'instinct de survie de l'être humain est fort. Il réussit, parfois, à nous sortir de situations délicates.

Mais ce ne sera pas le cas de cette pute. Et ce, pour plusieurs raisons : la première étant qu'elle est arrivée sur mon chemin en même temps que ma pulsion arrivait, la seconde parce qu'elle fait le trottoir. Elle ne mérite même pas que je la considère comme une femme, comme un être humain. Elle me dégoûte rien qu'avec ce qu'elle appelle son « métier ». Elle mérite d'être punie pour ses actes, elle fait partie de ce qui rend notre monde si dépravé. Si jeune et déjà si repoussante.

J'entaille lentement sa joue droite, je prend le temps pour qu'elle ressente tout ce qui lui arrive.

Elle pleure, et au sang viennent se mêler les larmes. Elle me supplie encore, mais je continue mon travail. Lentement encore, j'entaille son front sur tout sa longueur. Je soulève légèrement sa tête pour que le sang puisse arriver vers ses yeux, sa bouche.

Qu'elle voit, qu'elle goûte le sang de la dépravation. Qu'elle se rende compte qu'elle est immonde. Qu'elle sente qu'elle va mourir prochainement.

Je lui enlève son corsage pour découvrir deux seins refaits. Décidément elle accumule. Pourquoi toucher à ce que la vie nous donne ?

Je prend un morceau de verre un peu plus aiguisé et le rapproche de son téton droit. D'un geste vif, et étonnement précis, je découpe et enlève ce morceau de chair qui est tout ce qu'elle avait de naturel sur cette poitrine.

Elle hurle, mais je ne lui laisse pas le temps de reprendre sa respiration et fait de même sur le téton gauche.

« Tu te rends compte de ce que tu es ? Tu te rend compte sale pute ? Tu ne vaut rien. Tu ne mérites pas une mort honorable ! Tu crèveras dans cette chambre d'hôtel miteuse, et personne ne te pleureras ! PERSONNE TU

M'ENTENDS !? »

Dans un élan de colère je lui crève les yeux avec le morceau de verre que j'ai dans la main. Ses hurlements se font stridents, puis de moins en moins fort. Avant qu'elle ne fasse son dernier soupir, je lui enlève tout ce qui lui reste de féminité et découpe et enlève son clitoris. Je me rapproche de son nez et de sa bouche, et je sens les derniers souffles de vie de cette pute. Hors de question qu'elle meure sans ma permission ! Je l'attaque en plein cœur et peut sentir la vie partir de ce corps qui n'aurait jamais dû exister.

Il faut tout nettoyer. Rien ne doit témoigner de ma présence dans cette chambre. Par chance, un chariot de ménage se trouve juste dans le couloir non loin de la chambre. Je saisis tous les produits et tout ce dont j'ai besoin pour effacer mes traces. Tout se fait très mécaniquement. A ce moment là, encore une fois, je fais tout de manière automatique. Je

suis dans un état second. Entre le bien-être et la panique. Je suis juste... la.
Je prend soin de me laver sur les parties visibles de mon corps, je ne peux pas prendre de douche ici, on se rendrait compte de ma présence avec seulement un cheveux ou un bout de peau. C'est aussi dans cette optique je je détache les liens et les emmène avec moi.

Mes vêtements sont tâchés de sang mais mon manteau parvient à tout cacher. Jusqu'à l'appartement je peux donc être tranquille.

Arrivé chez moi je prend une douche relaxante, après avoir mis mes affaires à laver.
Cette fois, je ne me sens pas horriblement mal.
Cette fois je ne ressens aucune culpabilité.
J'ai débarrassée la planète d'un déchet sans âme et sans intérêt.
Elle n'apportait que dépravation à notre société.

Non, cette fois je me sens bien, en paix avec moi-même. J'ai fait ce qu''il fallait.
Et ça fait du bien putain !
Je me sens plus fort, je me sens plus viril, je me sens sûr de moi.

Pourquoi est-ce qu'avec Samuel je n'ai pas ressenti les choses de la même façon ?
Peut-être parce qu'il n'était pas un déchet de la société. Ou alors parce que c'était le premier. Le premier depuis mon réveil du coma. Peut-être que je n'étais pas encore prêt.

La jouissance que je ressens maintenant est incroyable. Je voudrais pouvoir le refaire encore et encore. Mais je ne peux pas, ce serait inconscient. Je risquerais de me faire remarquer. Et je ne peux pas me le permettre.

———————————————————————
————————

Le lendemain, je rejoins le commissaire au commissariat.

« Ah ben vous voilà enfin, qui que vous soyez! »

« Charmant. Bon, on fait quoi aujourd'hui ? »

« Aujourd'hui on va essayer de comprendre

pourquoi notre ami Samuel a fini dans un congélateur ».

Je savais que ce jour arriverait. Alors autant jouer le jeu.

« Quoi ? Le patron du Lucifer ? C'est arrivé quand ? »

« Ben entre notre visite et ce matin, ou il a été découvert par ses employés qui reprenaient le boulot . Le fait qu'il ait passé du temps dans un congélateur rend tout plus compliqué. L'heure et la date de la mort par exemple. Et comme les employés avaient tout bien nettoyé de fond en comble avant d'ouvrir, ça ne facilite pas les choses. »

« En gros ceux qui se chargent de l'enquête ils sont bien dans la merde là ? »

« En gros. Mais puisque Samuel faisait partie de notre enquête, ils nous tiendront au courant des avancées. »

« J'espère qu'ils trouveront vite quelque chose ».

C'est sûr et certain, ils ne trouveront rien.

~ DIX-HUITIEME CHAPITRE ~

« J'ai du mal à comprendre tout de même... Samuel vous à lui-même dit qu'il n'avait aucune idée de ce que vous faisiez avec Alvarès. Quelle aurait-donc pu être la raison pour le tuer ? Le tueur aurait-il mal interprété ce long moment que vous avez passé avec lui ? »

« Pourquoi vouloir à tous prix que ces deux affaires soient liées ? Il a peut-être trop joué avec le feu et s'est rapproché de mauvaises personnes. Peut-être qu'il devait de l'argent ? »

« Il meurt après que nous l'ayons interrogé. Excusez-moi mais ça mérite tout de même qu'on s'y penche un peu ! »

« Peut-être... Mais une autre équipe se charge de cette enquête-là. Je pense que nous devrions les laisser faire leur travail et ensuite nous verrons si ça coïncide ou pas avec ce que nous auront nous même découvert ! »

« Je suppose que vous avez raison. Attendons. Nous avons assez à faire. Comme essayer d'appeler Henry Montgomery et savoir également si son téléphone peut être tracé».

Je décide de prendre les devants et de faire le numéro : 06 58 77 44 11.
Dix chiffres qui peuvent soit m'enterrer sur place, soit me donner un peu de répit.

Le téléphone sonne plusieurs fois dans le vide, puis le répondeur s'enclenche :

Bonjour, vous êtes bien sur la messagerie d'Henry Montgomery. Je ne suis pas disponible pour le moment mais laissez-moi un message avec vos coordonnées et je vous rappellerais avec plaisir ! Bye !

Merde, c'était bien ma voix sur ce foutu répondeur.

Le téléphone est toujours en fonction quelque part.

Et ça, ça ne rend pas la chose facile.

Le commissaire me dit qu'il va chercher à savoir à quel opérateur appartient cette ligne et surtout le nom et l'adresse de cette personne. Il

pense pouvoir avoir mon vrai nom, même si il ne serait pas étonné que j'ai fait de faux papiers.
Moi je m'inquiètes surtout de voir un quatrième patronyme débarquer dans ma vie. Je pense que je vais finir par devenir dingue. Je ne sais pas qui je suis, mais je sais ce dont je suis capable. Dans quel cas se connaît-on le mieux, c'est la toute la question.

Nous échangeons sur des tas de choses avec le commissaire concernant l'enquête. Nous avons des opinions divergentes sur certaines choses, mais j'ai des informations qu'il n'a pas. Je le laisse un peu patauger dans la mélasse dans laquelle nous nous trouvons. Et dans deux jours, j'aurais ce rendez-vous qui va, peut-être, tout changer.

Une secrétaire arrive et donne tout un tas de papiers aux commissaire.

« Hé bien bonjour Antoine Marchant, résidant au 12 rue Solé ! » dit-il avec un grand sourire.

Une quatrième identité ! Comme si j'avais besoin de cela. Cela me rend encore plus louche aux yeux du commissaire. En même temps, depuis le début de cette enquête, il est persuadé – à raison – que je suis coupable de quelque chose.

Avant de se rendre à l'adresse indiquée, le commissaire me demande de rappeler au numéro inscrit sur la carte de visite d'Henry Montgomery.
Je compose le numéro mais tombe encore une fois sur le répondeur.

« Qu'à cela ne tienne ! Allons donc faire un tour chez vous, Antoine! » dit le commissaire d'un ton sarcastique qui ne me plaît que très moyennement.

Pendant la route, des centaines de questions m'assaillent. Va-t-on découvrir un QG glauque avec des photos de victimes ? Vas-t-on se retrouver dans une jolie maison ou un appartement lugubre ? Vais-je me retrouver face à moi-même, au vrai moi-même, sans tout ce puzzle ?

Et en même temps, ce rendez-vous que j'ai dans deux jours est censé me faire « connaître la vérité ». Alors pourquoi tout me dévoiler tout de suite ?

J'ai hâte de tout savoir, mais j'ai également peur. Tout est si flou. Je sais ce dont je suis capable. J'ai éprouvé du plaisir à détruire une des choses immondes que la nature a engendrée par erreur. Je peux tuer de sang-froid. Mais les différentes pistes de cette enquête ont l'air d'aller dans des directions opposées. Au final, ce que je connais de moi n'est peut-être qu'une toute petite partie de qui je suis vraiment. Et c'est cela que nous allons découvrir au 12 rue Solé.

La voiture du commissaire s'arrête devant un immeuble gris. Déprimant à souhait...

« Monsieur Marchant ! Ha ben ça alors ! Je me demandais ou vous étiez passé ! Depuis le temps qu'on ne vous a pas vu ici ! Bon vous êtes souvent absent mais la vous avez battu le record ! Comment ça va ? », me demande le gardien dès que nous entrons dans l'immeuble.

« C'est un peu compliqué, j'ai été

assez...malade dernièrement. Mais tout va mieux maintenant.
Par contre j'ai perdu mes clefs, vous en auriez pas un double par hasard ? »

« Mais bien sûr ! Je vais vous chercher ça ! ».

Il s'exécute et me tends la clé sur laquelle il est noté « 36B ».

« Merci, et bonne journée à vous ! »

« De même Monsieur Marchant »

En montant les escaliers, le commissaire ne peux s'empêcher de me demander :

« D'habitude vous êtes assez enclin à raconter à qui veut bien l'entendre que vous êtes amnésique. Et la, rien. Alors que vous aviez de quoi. Pourquoi pas avec lui ? »

« Il n'est pas digne d'intérêt et je crois que le simple fait d'avoir à épeler « Amnésie » lui filerait un AVC ».

Ces mots, très crus bien que reflétant complètement mon opinion, sortent tous seuls.

Il faut que je me calme devant le commissaire, il m'a déjà dans son collimateur. Et je dois refréner cette partie de moi que j'ai découverte. Il n'a pas vraiment le temps de réagir de toutes façons puisque nous voilà devant la porte de « chez moi »...

La porte du « 36B » est une porte comme les autres. Une porte banale. Mais derrière tout porte, si banale soit-elle, se cachent des secrets. Et je ne suis qu'à un tour de clef de découvrir les miens.
La clé tournée, j'ouvre la porte et découvre... Rien.

Enfin plus exactement un clic clac déplié dans une « pièce de vie » a peine assez grande pour pouvoir s'y déplacer à deux. Au fond, une kitchenette, que nous découvrons vide de tout ustensile de cuisine et un frigo ou trônent fièrement deux bière, qui doivent ma foi être bien fraîches.

« On peut dire que vous avez le sens des priorités ! »

La salle de bains est minuscule, et à part un flacon de shampooing presque vide, nous n'y trouvons rien.
Comme si personne ou presque n'avait jamais vécu ici. Pourtant, le gardien m'a reconnu, c'est que je devais y passer du temps.
Le commissaire à le réflexe de mettre le clic-clac en position canapé, et nous découvrons alors, sous celui-ci, un grand classeur.
Peut-être celui qui me rendra totalement mon identité.

A l'intérieur, nous découvrons des factures au nom d'Arthur Marchant, pour internet, le téléphone, le gaz et j'en passe.
Mais, plus important, nous découvrons des notes faites de ma main.
La liste de mes identités respectives, et les lieux ou les utiliser.

- Louis Carrell au « Lucifer »
- Henry Montgomery « Chez John »
- Jérôme Blanc au « Pastif »
- Antoine Marchant au « Chaperon rouge »

Mais aussi :

- Benjamin Besnard au « Lagon Bleu »
- Frédérique Silvestre au « Fukushima »
- Quentin Tardy au « Rigals »
- Florian Rochefort « Chez les Frères Jacquard »
- Daniel Ripert a « L'ébullition »

Et des dizaines d'autres, dont certains ne semblent même pas avoir pu servir dans cette ville ou même ce pays. Mais pourquoi je me suis donné tant de mal ? Pourquoi autant d'identités différentes juste pour tuer ? J'ai encore des tonnes de choses à découvrir sur moi-même, mais je découvre surtout que j'ai tissé une immense toile d'araignée dans laquelle tout inspecteur – ou commissaire – même bien préparé, se ferait prendre sans pouvoir en sortir.
Alors que vas-t-on pouvoir sortir de tout cela ?

« Le moins qu'on puisse dire, c'est que vous nous avez donné du boulot pour un moment ! » dit le commissaire, d'un ton plutôt enthousiaste.

Je pense qu'il va l'être beaucoup moins dans les jours qui viennent.

~ DIX-NEUVIEME CHAPITRE ~

J'ai l'impression que ça fait une semaine que nous écumons les bars à la recherche de ma véritable identité.

Au Lagon Bleu, ils avaient entendu parler de moi avec un client qu'ils n'ont plus revu depuis.
Au Fukushima, nom d'un goût très douteux, ils m'ont vu deux fois récupérer un client apathique.
Au Rigals, je venais souvent manger, mais ils n'avaient aucune idée de mon nom. J'ai laissé une fois la carte d'Henry Montgomery.
Aux Frères Jacquard, j'aurais empêché un client d'en frapper un autre et je suis parti avec lui.
A L'ébullition, je ne tarissais pas d'éloge à propos d'Henry Montgomery.

Henry Montgomery semble en tous cas être l'identité la plus importante.
Quel type d'expériences je pouvais faire pour ne pouvoir résister, peu importe mon identité, à donner ses coordonnées. Mes coordonnées.
Quel genre d'homme je suis ? Pourquoi tuer

me procure tant de plaisir ? Pourquoi je n'arrive à me rappeler de rien ?
Les informations sont si nombreuses que j'ai l'impression qu'elles m'enterreront bientôt. Mais le pire de tout c'est qu'elles ne mènent à rien. Ou en tous cas à pas grand chose. Je ne sais pas vraiment quoi faire.

« Bon, reprenons -dit le commissaire, me sortant ainsi de mes pensées – vous avez donc une bonne dizaine d'identités désormais mais une semble revenir souvent ... »

« Celle d'Henry oui. Ce qui voudrait dire que, peu importe ce qu'il propose, c'est plus important que tout le reste ».

« Exactement. Seulement, ou trouver sa tanière ? La vôtre si j'ose dire. La piste du téléphone ne mène à rien. La piste de l'appart ne fait que nous confirmer que Henry est l'identité clé. On est dans le flou total. »

« On peut tenter d'aller voir du côté des putes et des drogués. Si Henry donnait de l'argent, les plus démunis seraient les plus enclins à aller le voir. »

« Bordel, vous avez raison ! Demain à la première heure, on fait le tour de toutes les planques de camés et on interroge les prostitués »

Merde... Mon rendez-vous est demain. Impossible pour moi de rater ça. C'est peut-être ça qui va me donner enfin les informations dont j'ai besoin pour reconstruire le puzzle que je suis.

« Demain je ne serais pas avec vous, j'ai un impératif ».

« Vous vous foutez de moi ? Vous avez un impératif plus important que l'enquête ? Dois-je vous rappeler qu'on cherche qui vous êtes et ce que vous avez pu faire ? Qu'est-ce qui est plus important que ça ? »

« Désolée je peux pas vous le dire. J'ai mon petit jardin secret vous savez. De toutes façons, au pire je vous rejoins quand j'aurais terminé »

« Alors là... J'aurais tout entendu je crois »

Le 2.
Je me pose dix-mille questions

Le 4.
Et si c'était juste une blague ? Et si il n'y avait rien ?

Le 6.
Et si c'était réel ?

Le 8.
Qu'est-ce que je vais bien pouvoir trouver la bas ?

Le 10.
Et si je me découvrais, moi ?

Le 12.
Mon cœur s'emballe, ma respiration devient plus saccadé. Le stress monte.

Le 14.
On y est. On est au 14 de la Rue Dimont. Je suis la, tout penaud devant ce qui s'avère être

une petite maison aux volets verts avec une petite portion de jardin. Rien d'exceptionnel donc.

Mais quelque chose retient cependant mon attention. Une lettre est posée là, sur la boîte aux lettres, sans timbre, sans adresse. Je suis certain qu'elle m'est destinée alors je l'ouvre sans faire de manières.

A l'intérieur – oh surprise – une note :

Tu es arrivé à destination
Prépares-toi à tout découvrir
Prépares-toi à découvrir qui tu es vraiment
Et n'oublies pas d'apprécier le moment présent

« Apprécier le moment présent » ? Qu'est-ce qu'il veut dire par là ?

Je rentre dans la maison à tâtons, ne sachant pas du tout ce qu'il va m'arriver. Je découvre alors une maison décorée avec goût, propre et agréable. Mais également un post-it sur le coin du bar de la cuisine ou il est noté « tu chauffes ». Je tourne vers la salle à manger. « Tu refroidis ». Je retourne vers la cuisine et

me dirige vers le salon : « Tu brûles ». Les autres pièces étant à l'étage, j'essaie de comprendre ce que je dois chercher dans ce salon. Je retourne tous les bibelots, rien.
Et la, je vois sur la tapis un post-it que je n'avais pas encore remarqué « Tu es presque carbonisé ».
Je le soulève et découvre une trappe, décorée du dernier post-it : « Bienvenue en Enfer ».

Je soulève la trappe et descend les escaliers avec précaution. Ce n'est pas le noir complet mais ce que je prenais pour un faible éclairage de néon est en fait l'éclairage de vitrines exposant des bocaux dans lesquels je crois reconnaître plusieurs morceaux humain. En avançant, la lumière se fait plus intense, et il s'agit cette fois bien de néons.

Une jeune femme est attachée, nue, sur une table d'autopsie et essaie de toutes ses forces de s'enfuir. De là ou je suis, je sais que c'est peine perdue. Je sais comment elle finira.
Mais qui aurait pu la mettre là, telle une offrande ? Mystère. Même le post-it la désignant comme « un petit cadeau » collé

près d'elle ne m'apporte pas plus de réponses.

Je défais le scotch de sa bouche.

« Qui es-tu ? »

« Laissez-moi partir je vous en supplie, je n'ai rien fait de mal, je ne dirais rien. Mais laissez-moi partir ! »

Ses sanglots sont sincères mais elle n'a toujours pas répondu à ma question.

« Qui es-tu ? »

« A-Alison Dubois »

« Que fais-tu dans la vie? »

« Des études de droits et des petits boulots à côté pour joindre les deux bouts »

« Tu te prostitue ? »

« Qu-qu-qu-quoi ? Non, pas du tout, jamais de la vie ! »

« Tu mens ! » dis-je en lui remettant le scotch

sur la bouche.

« Tu vas payer pour m'avoir menti ».

Je sens l'adrénaline remonter, tout en moi devient plus clair. Je sais ce que je dois faire.

Je prends une paire de ciseaux posés près d'elle et m'empresse d'enlever tout ce qu'il reste de sa belle chevelure qu'elle ne mérite même pas.
Puis je prend un scalpel et fais des coupures sur ses bras et ses jambes. Elle hurle, et bien que la scotch enlève pas mal de décibels, j'aime l'entendre essayer de me supplier.

Je me met à faire des coupures frénétiques sur son visage pour qu'elle perde toute féminité.
Je trouve une mini tronçonneuse dans un placard. Elle est vieille est poussiéreuse mais semble fonctionner parfaitement. C'est donc avec une joie non dissimulée que je lui coupe la main droite.
Elle hurle si fort qu'elle pourrait arracher le scotch, mais elle ne tombe pas encore dans les pommes.
Elle n'a presque plus forme humaine

Elle est à deux doigts de flancher quand me

vient une drôle de curiosité. Je récupère le scalpel et ouvre cette chose du haut de la poitrine jusqu'à son nombril. Et je vois la le plus beau spectacle qu'il m'ait été de voir : un cœur qui bat s'arrêter de battre, en direct et aux premières loges.

Après ce festival dont j'ai du mal à me remettre tant il était intense, je découvre une fiole nommée « Poussière de fée d'Henry Montgomery ».
C'est alors qu'une voix se met à résonner à l'autre bout de la pièce. La voix du commissaire...

« Les drogues d'abord, les expériences ensuite. C'est ce qui était convenu, n'est-ce pas frangin ? »

~ VINGTIEME CHAPITRE ~

LE COMMISSAIRE

1972

Cela faisait plusieurs mois que ses parents lui avaient annoncé qu'il allait avoir un petit frère ou une petite sœur. Mais, à 8 ans, ça reste encore abstrait. En tous cas pour lui ça l'était. Et c'est lorsqu'il l'a vu dans les bras de sa mère qu'il à compris : il n'allait plus être seul. L'attention que ses parents allaient lui accorder allait être compromise. C'est l'idée qu'il s'en faisait, la, dans cette chambre d'hôpital remplie de personnes souriantes. Souriantes envers « l'autre », pas lui.
Bien sûr, à 8 ans on ne peux pas avoir le recul nécessaire, mais qu'importe. Il détestait « l'autre », celui qu'il devait considérer comme son frère. Avec huit années de différence, ils ne pourraient rien partager de concret. C'était donc un « poids » avec lequel il devrait vivre.

1980

Depuis qu'il a su marcher, « l'autre » s'est toujours fait un plaisir de déguerpir et de créer la panique.

« Tu pourrais aider à retrouver ton frère tout de même ! »

« Il finit toujours par revenir maman et tu le sais »

« Cherche le, c'est tout ce que je te demande ! »

Alors il se mit à chercher. Enfin il s'agissait plus d'une balade que d'une véritable recherche active.
Et c'est la qu'il les vit. Dans l'herbe. Ces tâches qui détonnaient avec le vert du gazon. Des traces de sang.
Sans réfléchir, il se mit à les suivre, le cerveau en ébullition. Et c'est la qu'il le vit.

« L'autre »... En train de dépecer un animal qu'il n'arrivait pas encore à identifier.

« C'est le chien de la voisine » dit l'autre d'un ton monotone.

« Pardon ? Tu te fout de ma gueule la ou quoi ? »

« Non »

« Mais pourquoi... Pourquoi tu fais ça ? »

« J'aime bien voir ce qu'il y a à l'intérieur des animaux. Quand je serais grand, j'essayerais de voir ce qu'il y a à l'intérieur des gens ».

Il resta là, immobile, entre la terreur et la fascination de ce que « l'autre » faisait, et surtout de son aplomb ! Il ne dit rien à leur mère quand ils furent revenus.

1990

Au commissariat, il savait se rendre indispensable. Son objectif étant de devenir un

jour commissaire, il ne pouvait pas se permettre la moindre incartade. Il fallait qu'il soit « clean » sous tous rapports.
Oui mais voilà... « L'autre » avait de plus en plus besoin de « chair fraîche » . Environ toutes les deux semaines, il lui ramenait donc un peu de la lie de l'humanité : prostitués, macs, trafiquants,drogués... Que des personnes qui ne méritaient pas d'être en vie. Des personnes à qui on avait donné ce cadeau merveilleux qu'est la vie, et qui avaient préférer s'asseoir dessus.

« L'autre » faisait ses petites expériences dans son coin et avait l'air heureux comme ça.

Seulement voilà, à force de piocher dans le même panier tout le temps, non seulement la « population » se tarit, mais en plus ça finit par se voir. Il lui fallait à tous prix trouver une autre solution. Il fallait qu'il lui parle.

« Hey ! Comment se passent tes petites expériences ? »

« J'en suis déjà venu à la conclusion qu'il était plus simple de travailler avec un sujet vivant. Oui ça fait du bruit, mais c'est plus facile, plus concret. »

« Ouais, en parlant de sujets vivants, ça va être compliquer de trouver quelque chose... Ça commence à se voir, et on risque de se faire chopper. »

« Si la source se tarit, crées-toi une autre source » dit-il en posant un flacon sur la table

« Qu'est-ce que c'est ? »

« Une nouvelle drogue, que j'ai déjà testé sur mes sujets. D'après mes expériences, ça rend le sujet soit complètement stone, soit apathique, soit ça les rend fous de rage. Tu peux donc commencer a distribuer ça discrètement et la source va se remplir petit à petit. »

« T'es marrant, comment tu veux que je fasse passer ça ? »

« 'T'es flic, tu trouveras un solution, je te fais confiance »

Et c'est ce qu'il fit. Il trouva des solutions et la drogue fit un vrai tabac. Et lui permit de rafler quelques « cobayes » pour « l'autre ».

Il n'a jamais réussi à comprendre la fascination de l'horreur de ce que faisait « l'autre », mais le fait est qu'il était plus que fasciné. Jamais il n'aurait été capable de faire une chose pareille. Il n'avait pas le cran, pas le courage. Mais le regarder était fantastique. « L'autre » était comme un chef d'orchestre, gracieux, concentré. Il fouillait dans les méandres de l'être humain avec une facilité désarmante. Et il le faisait avec des sujets vivants depuis peu de temps !

Que ressent-t-on lorsque l'on voit la vie quitter un corps ? « L'autre » ne voulait pas le laisser voir. Du haut de ses 18 ans, il était parfois plus autoritaire que son aîné. Souvent, il obéissait à « l'autre », sans savoir pourquoi. Il ne savais plus si ce qu'il faisait était bien ou mal. Ce qu'il voyait c'était qu'au moins dans cette ville et celles alentours (car il avait ratissé large) la criminalité baissait et que tous ces porcs impies n'était plus de ce monde pour le corrompre.

~ VINGT ET UNIEME CHAPITRE ~

Six mois avant l'agression

Les dossiers s'amassaient sur son bureau, tellement nombreux qu'on pouvait à peine le distinguer lorsqu'il s'y installait. D'habitude, il n'avait à gérer que des disparitions de prostituées ou de camé. Et il y en avait encore des affaires comme celles-là. Mais depuis deux mois, des PDG, des pères ou mères de famille, des jeunes étudiants et étudiantes... Et même des enfants.

Aucun corps, aucune trace. La personne qui avait fait ça était déterminée et très méticuleuse. En dehors de l'ADN des victimes, les enquêteurs n'avaient rien trouvé. Et les victimes ne semblaient pas se connaître ou faire partie d'un mode opératoire précis. Ses collègues pensaient qu'il y avait sûrement plusieurs hommes.

Mais lui savait qu'il ne pouvait y avoir qu'une seule personne responsable de tout ça. Une personne prête à tout pour faire ses petites expériences. Une personne qui avait largement dépassé les bornes.

« L'autre ».

Aussitôt arrivé à la maison, il le découvre en train de manger un sandwich dans la cuisine.

« Putain de bordel de merde, mais qu'est-ce que tu as foutu ? N'essayes pas de me dire que tu n'as rien fait, ça ne marche pas avec moi ! Des gens bien, respectables... Des enfants... Des enfants putain ! Mais pourquoi ? Je te fournis en putes et en camés, qu'est-ce que tu veux de plus ?! »

« Je voulais élargir mon champ de recherche. La douleur se vit différemment selon qu'on soit une femme ou un homme de bonne ou mauvaise composition. Et même chez l'enfant la douleur se ressens différemment. C'est foutrement intéressant, tu devrais lire ce que j'ai découvert. Tu sais, ça ne te ferais pas de mal de t'instruire un peu. »

« Ferme ta gueule putain. C'était pas ça le contrat ! »

« Y'avait pas de contrat. Et si ma manière de faire te déplaît, tu n'as qu'à foutre le camp. Je me débrouille très bien sans toi, comme tu as pu le voir. »

Sans réfléchir, le commissaire lui sauta dessus, dans l'idée de l'étrangler. Il ne savait pas que « l'autre », en dehors de son labo, entretenait son corps dans l'optique de pouvoir plus facilement enlever les personnes dont il avait besoin.

Il se retrouva donc très vite par terre, « l'autre » lui enserrant le cou tellement fort qu'il commençait à s'évanouir. Ce n'est que grâce à un vase, posé à côté de lui, qu'il parvint à s'en sortir.

Il se retrouva donc avec « l'autre » inerte à côté de lui, sans savoir quoi faire.
Instinctivement il traîna le corps vers la cave, ou se trouvait le labo. Un code, qu'il connaissait, permettait d'entrer et de sortir. Il posa le corps inerte, mais toujours vivant, au milieu de pièce, changea les mots de passe, et

ferma la porte.

Il ne pouvait faire que ça. Tout partait trop dans tous les sens.

C'est le bon choix.

Quelques jours avant l'agression

Comme tous les jours avant de partir au boulot, il déposait un plateau repas à « l'autre », qui vivait maintenant totalement dans son labo. Mais au moins les dossiers de disparition ne s'empilaient plus sur son bureau. Il était tranquille.

En sortant, il alla boire un verre dans le premier bar qu'il vit, «Chez John». C'était bondé. Mais tant mieux, il aimait l'effervescence, le mouvement, le bruit. Quand il était chez lui, il n'y avait que du silence. Du silence et des reproches de « l'autre ». Parfois, il se mettait à regretter de ne pas l'avoir tué lorsqu'il était encore bébé. Qui sait ou sa vie en serait maintenant ?

Tout en pensant, ses yeux glissèrent sur une pile de carte de visite. Il y en avait une avec des lettres dorées qui attirèrent aussitôt son attention.
Dessus il était noté :

« Si vous voulez connaître la véritable extase
Si vous voulez toucher les étoiles
Si vous voulez tester les limites de votre corps et de votre esprit
Alors appelez-moi pour une expérience que vous n'oublierez jamais
(Expérience rémunérée)

Henry Montgomery »

Son sang ne fit qu'un tour... Mais non ce n'était pas possible.

« Excusez-moi, mais qui vous à envoyé ces cartes ? » s'enquit-il de demander au patron.

« Putain il en reste une ? Je sais pas ce que c'est mais mes clients, ceux qui la prennent, y'en a pas beaucoup qui reviennent et je sais pas trop quoi en penser... »

« Qui les a déposées ici ? »

« Un mec, la quarantaine... Henry il a dit qu'il s'appelait. Comme noté sur la carte.

« Il ressemble à ça ? » demanda le commissaire en montrant une photo de « l'autre ».

« Ha ben oui c'est même exactement lui ».

Non ce n'était pas possible, il l'avait enfermé. C'était impossible qu'il ait pu sortir.
Le cœur noué, il décida à montrer la photo de l'autre dans tous les bars possibles. Beaucoup le reconnaissaient. Il était souvent accompagné d'une ou deux personnes. Parfois il ne faisait que passer les prendre.
Il réussit à obtenir l'identité de trois de ses accompagnants et à les convaincre que « l'autre » était le démon et qu'il devait mourir. Il parvint à le filer pour voir ou il allait.
Le piège allait se refermer sur « l'autre ». A trop jouer on finit par perdre lourdement.

« Au revoir, petit frère » se dit-il quand il partit de la ruelle ou il avait laissé les trois gus avec

« l'autre. »

~ VINGT-DEUXIEME CHAPITRE ~

« Dès que j'ai su qu'un homme avait été admis à l'hôpital après une agression suspecte, j'ai su qu'il s'agissait de toi. Je ne te caches pas que j'ai beaucoup prié pour que tu ne t'en sortes pas. Pas très chrétien, je sais. Et puis, j'ai appris ton réveil et ton amnésie. J'aurais dû être soulagé. Mais toi et moi, on à toujours fait la paire. Tu as toujours aimé faire tes petites expériences sur la douleur. J'ai toujours aimé les regarder, fasciné. Je ne suis pas mieux ni pire que toi. Après tout c'est moi qui t'ai fourni tes cobayes. Je suis complice de tout, depuis le début. »

« Putain... Mais c'est pas possible ! Merde ! Pourquoi ? Pourquoi tout ça ? Si vous vouliez m'arrêter, pourquoi m'avoir encouragé à reprendre? Parce que je suppose que vous êtes à l'origine des petits mots que je recevais ! »

« Comme je l'ai dit, j'aimais trop te voir expérimenter, alors j'ai cédé à la tentation. En espérant qu'inconsciemment tu comprennes la leçon. Tu as été trop gourmand, beaucoup trop.

Un nom par bar, bordel mais qui fait ça ? Tu avais toutes les chances pour te faire prendre, et moi avec ! Il fallait que je te donne une leçon. Même si elle pouvait être mortelle. Je t'ai surveillé tout ce temps la, pour m'assurer que tu ne jouais pas trop avec le feu. Quel pied ça a été quand tu t'es rendu au commissariat ! Je pouvais te suivre de près, tu « menais l'enquête » avec moi ! »

« Vous êtes un sadique ! »

« Je pense qu'on peut se tutoyer frangin, non ? Et sinon, me traiter de sadique alors qu'il y a une femme morte et mutilée sur la table... Ne trouves-tu pas que c'est assez inapproprié ? »

« Vous... Tu aurais pu me laisser me construire une autre vie, une vie tranquille ! »

« Une vie de merde tu veux dire ? Les quelques semaines ou tu as eu une vie « normale » tu t'es royalement fait chier. De toutes façons tu aurais fini par tuer à nouveau. Tu es né pour ça. Et moi je suis doué comme assistant du Mal. C'est comme ça. Il fallait que tu te rendes compte. »

« J'aurais pu aller vers une autre voie, j'aurais pu... faire autre chose »

« Arrête ton char ! Tu ressens du plaisir à faire ça. Torturer les gens pour voir leur seuil de douleur, les pousser dans leurs retranchements. Ton inconscient est d'ailleurs venu très vite te rappeler qui tu étais ».

« Comment ça ? »

« Eric Duval... Drôle de nom d'emprunt. On pourrait penser que ça t'es venu en tête comme ça, mais non. Papa s'appelait Eric. Un homme con au possible d'ailleurs, mais passons. Duval c'était le nom de jeune fille de maman. Maman qui t'as toujours préféré. Le petit dernier... Celui à qui on cède tout. Et moi je devais te protéger. Elle ne savait pas que tu torturais des animaux quand nous partions « jouer » dans les bois ».

« Merde... Alors je savais déjà qui j'étais au fond ? »

« Oui, et avec le meurtre brutal et sanglant de Samuel, j'en avais le cœur net. Tu avais tout bien nettoyé. Presque tout. J'ai fait le reste.

C'était tellement impulsif que tu avais commis un ou deux impairs, mais je reconnaissais la mon petit frère. »

« *Et si je décidais de changer de vie, la, maintenant ?* »

« Maintenant ? Après trois meurtres ? Oui, je sais pour la pute, et d'ailleurs ce coup la tu as bien nettoyé tes traces. Après trois meurtres, mon frère, on ne reviens plus en arrière. Tu ressens trop de plaisir à malmener les gens qui l'ont mérité. Tu commençais à t'attaquer à d'honnêtes gens et c'est pour ça que je t'ai stoppé, mais maintenant, si on ôte Samuel, quoi que c'était un immonde connard dans la vraie vie crois-moi, tu as retrouvé ton mode opératoire. Tu es redevenu celui qui nettoie la ville de tous ses déchets. »

« *Putain... Mais ! Ma femme ! J'ai dit que j'avais une femme ! Ou-est-elle ?* »

« Je suis désolé de devoir être celui qui te l'annonce frangin, mais elle est morte et enterrée depuis un bon moment déjà »

« *C-c-comment...* »

« Toi. Voila comment. Tu as eu une période ou tu as voulu te « ranger » comme on dit. Tu as rencontré Victoria dans un parc. Jolie femme, blonde aux yeux bleus. Vous vous êtes mariés vite. Elle est même tombé enceinte... »

« J'ai... J'ai un enfant ? »

« Non. Parce que c'est la que tu es redevenu toi-même. Tu as subitement voulu savoir comment un fœtus pouvait réagir à la douleur que ressentait sa mère. Tu étais tellement heureux d'avoir fait cette expérience que tu as oublié que tu venais de tuer ta femme et ton enfant. Tout ce qui t'importait c'était les résultats. »

« Personne n'est aussi cruel ! Personne ! »

« Toi si. Tu es un tueur. Tu l'as toujours été. Cette drogue, tu te fichais qu'elle change les gens en mal, tant qu'ils passaient par ton labo. Après tu t'es pris d'affection pour quelques-uns, en faisant en sorte qu'ils t'adulent. C'est ça qui t'as fait chuter. Tu n'as pas réussi à te contenter du labo. Mais maintenant tout va pouvoir se passer comme avant. Tu vas pouvoir ressentir ce que tu as ressenti avec cette femme il y a quelques minutes, et ça tous les jours. Je te le promet mon frère. Tu peux compter sur moi. »

« Je... Je ne veux pas être cette personne. Je ne contrôle rien. Et oui j'éprouve du plaisir mais c'est pas normal putain ! Je devrais pas ressentir ça, tout ça n'est pas normal, ce n'est pas sain ».

« C'est normal que tu paniques, on aura qu'a y aller petit à petit ».

Et soudain, ça me frappe. La question que j'aurais du poser depuis le début.

« Comment je m'appelle ? »

Il émit un petit ricanement puis me dit :

« Est-ce que c'est vraiment important ? Tu as vécu avec tellement d'identités, je ne vois pas en quoi celle que tu avais à la naissance va changer quoi que ce soit »

« On voit que t'as jamais été amnésique... Allez crache le morceau ! »

« Je peux te donner mille facettes de ton identité qui te permettraient de mieux te connaître qu'avec ton nom. Je peux te dire que tu es allergique aux fruits de mer, que tu as eu un doudou jusqu'à tes onze ans. Que papa, au contraire de maman, ne t'aimais pas beaucoup. Que tu étais bon en classe. Que tu as fait une fac de médecine mais que tu as abandonné en cours de route. Que tu as collectionné les timbres jusqu'à en avoir plus de mille !
Je peux te raconter ta vie, parce que j'ai huit ans de plus et que j'ai eu le temps de t'observer. Je peux tout te dire, tout. »

« Alors dis-moi mon nom !».

« Tu fais vraiment une fixette là-dessus... Ta première victime avait a peine 18 ans. Une jolie femme. Elle était folle de toi. Toi tu ne voyais en elle qu'un cobaye de cette expérience nouvelle qu tu voulais faire. Tu l'as tellement réussie que c'est devenu une drogue et tu as continué toute ta vie, avec mon aide. Et que c'était beau de te voir si passionné. L'héritage de papa et maman nous a permis d'acheter le matos nécessaire. Tu avais le champ libre et tu me laissais regarder. C'était de belles années que les premières années de ta « carrière », crois moi »

« Mais je m'en fous putain, je m'en fous de tout ça t'entends ! Je veux savoir mon nom ! »

« Un nom n'est qu'un nom. Ça ne te donnera pas une nouvelle identité. Laisse tout ça tomber, profite de l'instant présent. »

Mon sang ne fait qu'un tour. Il se fout littéralement de ma gueule ! Je ne lui demande pas la lune, juste mon nom putain ! Pourquoi est-ce qu'il ne veux pas me le donner ?

Sans réfléchir je lui saute dessus et commence à l'étrangler. Juste assez fort pour qu'il ai peur, pas assez pour le tuer.

« Donnes le moi sac à merde ! MON NOM ! »

Il tape sa main contre le sol, signe qu'il abandonne. Je desserre mon emprise et lui laisse le temps de reprendre sa respiration.

« Alors ? »

« Tu veux vraiment le savoir ? »

« Bien sûr que oui putain ! »

« Alors d'accord. Je vais te donner ton nom »

~ VINGT-TROISIEME CHAPITRE ~

Je ne sais pas à quoi je m'attendais en attendant mon nom. Je ne sais pas ce que j'avais en tête. Mais de l'entendre, là, prononcé par un soi-disant « frère » qui n'avait fait que me manipuler depuis le début m'a foutu le frisson.

« Tu t'appelles William Therick. Will pour les intimes. Moi c'est Ed, diminutif d'Edouard comme tu l'auras compris, puisque je suis à la fois ta seule famille et ton seul ami. »

William Therick ...Je n'aurais jamais imaginé avoir un nom comme celui-là. Je pensais être soulagé, libéré en l'entendant. Mais tout ce qui m'est venu en tête c'était que ce « William Therick » est probablement l'un des plus grands meurtriers de son temps. Et qu'il avait réussi à me faire commettre l'irréparable plusieurs fois. Édouard, Ed pour les intimes, je l'ai accusé de pas mal de choses. Mais même sans ces mots j'aurais tué. Il avait juste eu la perversion nécessaire pour titiller mon inconscient. Qui est le pire de nous deux ? Celui qui ramène les « sujets » et les regarde se faire charcuter, ou celui qui torture ? Vaste question, en tous cas nous étions complices.

Comme si il avait lu dans mes pensées, Ed me dit :

« Aussi coupables l'un que l'autre mon frère. Et quoi que tu puisses en penser, tu n'auras jamais une vie normale. Jamais. Même amnésique tu as su retrouver les gestes. Et tu les réapprendra.
Tu as ça dans le sang, Will. Tu es né pour expérimenter, jouer avec la vie humaine. Tu as déjà fait d'énormes progrès dans ce domaine : la douleur. Depuis toujours tu es intrigué par ça. Et tu le seras encore. De plus, tu es dégoûté autant que moi par cette lie de l'humanité que je t'amène, toutes ces putes et ces drogués. Et tu prend ton pied à les faire souffrir, à voir ou est leur point de rupture, à leur rappeler qu'ils ne valent rien. Crois-moi Will, tu ne pourras pas faire autre chose te ta vie. »

« Et si j'essayais quand même ? »

« Tu as déjà essayé. Avec ta femme. Tu te

rappelles de la façon dont ça s'est terminé ? »

« Je pourrais m'en aller loin de tout et de tout le monde »

« Ce genre d'endroit n'existe pas. Et si il existait, il serait déjà bondé. »

« Et si je voyais un psychiatre ? »

« Pour lui dire quoi ? « Bonjour, je m'appelle Will, j'ai tué des centaines de personnes en vingt ans mais là j'en ai un peu marre. Vous pouvez m'aider ? » Non mais sois un peu sérieux. »

« Alors je suis condamné... »

« Ne vois pas ça de cette façon. Tu as un don, un vrai. Tu l'utilises voilà tout. Ce qu'en dit la justice c'est autre chose, mais en tous cas tu rend service à la communauté en débarrassant cette vermine, et en plus tu fais avancer la science. C'est merveilleux, non ? »

« Je suppose »

Me voilà face à moi-même. Face à mon passé. Face à mes démons. William Therick a tué plus que de raisons pendant plus de vingt ans. Et voilà que j'étais lui Je ne m'étais pas imaginé une seule seconde être un tueur en série. Mais la vie nous réserve parfois des « surprises ». Ed avait peut-être raison, peut-être que je suis fait pour être un tueur. Pour faire des expériences tordues sur les gens. Surtout que j'ai pris du plaisir à le faire. Oui. Je suis William Therick.

Ed n'arrête pas de faire des va et viens dans la pièce, pour me montrer des photos et des compte-rendus d'expériences. Tout cela est si nouveau pour moi que je me sens noyé sous les informations.

« Ed. C'est sympa mais... Je pourrais prendre le temps de lire tout ça au calme, chez moi ? Parce que là, tes papelards, c'est du chinois pour moi. Faut que je me penche dessus sérieusement et au calme ».

« Très bien ! - dit-il l'air surexcité – Allons

chez toi : »

« Non, je veux être seul. Si je dois être Will, alors je préfère être seul »

Il parait vraiment vexé, presque outré par ce que je lui demande. Malgré tout, il ne dit rien. Il ramasse les papiers, les classeurs, et il me ramène chez moi.

La, avec toute cette paperasse, je me retrouve livré à moi-même. L'identité de Will Therick va m'être dévoilée. Mon identité. Et je ne suis pas sûr d'être prêt. Mais il n'y a jamais de bon ou de mauvais moment pour ce genre de choses. Alors je commence par le premier cahier que je vois. Rempli de schémas et d'annotations, il décrit point par point comment ouvrir quelqu'un minutieusement et sans le tuer. On peut dire que je commence fort. Mais je lis, je lis tout le carnet et arrive à la fin sans même m'en rendre compte.

Toute la nuit je lis, prend des notes, regarde des photos, prend en compte les compte-rendus d'expériences. Je vois le nom de Ed parfois, quand il lui arrivait de me servir d'assistant.

Je tombe même sur l'expérience avec ma femme.
La mieux décrite, la plus complète. La plus froide de toutes. Comme si je n'avais pas eu conscience de qui était cette personne à qui j'ôtais la vie. Comme si je me foutais complètement de mon enfant.
Même si je trouve ça dommage, ça ne m'atteint pas autant que je l'aurais pensé. Bien sûr que j'ai mal, mais le mal passe vite, et je me met à lire une autre expériences.

Hommes, femmes, enfants et mêmes nourrissons... Sois issus de la rue, de la drogue, de la prostitution... « La lie de l'humanité » comme le dit Ed.

Quand le soleil pointe le bout de son nez, je termine la dernière page de la vie et des expériences de Will. Ce que je peux en dire c'est que c'est foutrement intéressant ! Tant de choses accomplies, et tant de choses à accomplir encore ! Un sujet intéressant, bien documenté... Non, y'a pas à dire, j'étais un vrai pro. La question qui se pose maintenant c'est de savoir si j'ai envie de reprendre la vie de Will là ou je l'avais laissée ou pas ?

Suis-je la même personne désormais ? Oui, j'ai tué, j'ai torturé sans avoir connaissance de mon patronyme. Alors oui, il y a un tueur en moi. Mais d'après Ed, j'ai tué des centaines de personnes. Ne serait-il pas plus sage d'arrêter ? Ou alors de changer quelque chose. Changer d'expérience, changer de façon de faire.

Je sens Ed beaucoup plus enthousiaste que moi. Et si il était celui qui me poussait au vice pour pouvoir assouvir les siens ? Tant de questions qui devront trouver leurs réponses rapidement.

VINGT-QUATRIEME CHAPITRE ~

09H00

Je lance la deuxième cafetière. La journée commence mais, malgré ma nuit blanche, je ne peux pas aller dormir. Toutes ces images, ces photos, cette documentation, ces expériences si bien décrites. On croirait y être. Ce que je vois surtout c'est un homme froid et seul. Mais bougrement intelligent et minutieux. Avec tout le matériel nécessaire pour s'amuser autant qu'il le veut.

Mais ces recherches sur la douleur sont passionnantes. En utilisant différentes méthodes, avec différents « publics », les résultats sont prodigieux. Mais, vers la fin des carnets, je parais plus brouillon, moins sûr de moi, moins assidu. Cela a certainement un rapport avec mes sorties avec mes « cobayes ». Je me demande si je ne tentais pas là une expérience sociale avec cette fameuse drogue qui n'a pas le même effet d'une personne à l'autre.
J'ai beau chercher, aucune documentation,

aucun croquis, aucune note, aucun post-it.
Je m'étais peut-être relâché sur mes notes d'expérience sur la douleur, mais je pense que j'aurais au moins noté ce que je faisais avec mes « cobayes » en ville.
Il est possible que j'ai fait de belles découvertes.

Quoi qu'il en soit, le café m'aide à me sortir de mon état de sommeil.

10H00

Ed arrive. Il chantonne, l'air enjoué.

« Qu'est-ce qui te rend si heureux de bon matin ? »

« Ho si tu savais, c'est génial ! »

« Bon ben crache-la ta pastille ! »

« Les proxénètes ont lâché dans la nature une petite centaine de filles de l'Est, entre ici et les villes environnantes ! C'est pratiquement Noël frangin ! »

« Tu veux dire par là que tu t'attend à ce que je torture des filles de l'Est pour mes recherches ? »

« Comment ça « je m'attends ? C'est du pain béni, tu as de quoi t'amuser ! »

'Et si je voulais arrêter ces recherches ? Ou au moins les mettre sur pause ? »

« On en a déjà parlé, tu est brillant dans ce que tu fais et surtout tu aimes trop ça. Tu ferais quoi à la place ? Tu mènerais une vie normale ? Non, ça tu l'as déjà tenté, et tu as vu ce que ça a donné »

« On va définir une règle simple : mes recherches, mes décisions, c'est plus clair comme ça ? »

« Tu deviens fou... »

.

« Je le suis déjà. Laisse moi du temps. Seul. Deux semaines, pas plus. Et ensuite reviens. Je ne veux pas être fliqué ni suivi. Je m'attend à ce que tu me respecte au moins pour ça. »

Il est parti sans broncher. Bien sûr que je serais suivi, il ne va pas me laisser profiter de la vie comme ça. Ce qu'il me faut, c'est une stratégie. Le prendre de court. Je suis intelligent et j'ai les ressources physiques, mentales et pécuniaires pour faire ce que je veux.

Ni une, ni deux, je vais sur mon ordinateur afin d'acheter plusieurs tickets pour des destinations différentes. Je fais ma valise, et j'appelle un taxi. Je n'ai pas encore choisi la destination, je le ferais au feeling, une fois n'est pas coutume.

Il fait nuit. Les réverbères dans les rues ne parviennent pas à cacher les étoiles qui sont nombreuses et particulièrement magnifiques. La radio du taxi crache des sons des années 80. Je me sens apaisé. Mais il faut que je reste aux aguets parce que je sais qu'il me suit, qu'il pourrait même être à l'aéroport ou dans la ville ou j'aurais atterri. Tout est possible avec lui.

Mon instinct me dit de ne pas me fier à ce

« frère ». Oui je suis un être abject et un tueur, mais je pense qu'il a tout fait pour m'encourager dans cette voie depuis tout petit. Alors oui, je me méfie de celui qui à nourri « le monstre » en moi.

15H00

J'ai décidé ou je voulais aller. Une grande ville ou se mêlent toutes sortes de gens. Une ville ou on peux facilement se noyer dans la foule.
Avant de partir, je me suis refait des faux papiers au nom de Cameron Hunt. Il me fallait une identité qu'il ne connaît pas. J'espère que mon inconscient ne m'a pas de nouveau joué des tours.
Presque en apnée, je passe tous les contrôles avec une facilité désarmante.

C'est en m'asseyant pour attendre l'embarquement que je sens mon portable vibrer. Un SMS de Ed.

« Putain mais t'es ou ? Il faut qu'on discute tous les deux ! Tu ne sais pas tout! »

J'éteins le téléphone, je détruis la carte SIM et je jette le tout à la poubelle. Peut-être qu'il ne sait pas encore ou je suis, mais ça peut tout aussi bien être une ruse. Et je suis bien trop fatigué pour me soucier de tout ça. L'embarquement approche à grand pas alors, tel un mouton, je suis le troupeau pour rentrer dans l'avion. A mon tour il n'y a encore une fois aucun problème.
Je suis en première classe. Pour deux raisons simples. La première étant que j'ai du mal à supporter le bruit et le contact avec la transpiration des gens quand on doit passer dans les allées. La deuxième parce que j'ai plus de place pour travailler émettre des hypothèses, trouver quelque chose sur Ed et moi. Mais surtout sur Ed. Il dit connaître tout de ma vie et finalement, je ne connais rien de la sienne. Ou si peu.
IL faudra, à un moment ou à un autre, qu'il fasse tomber le masque. Et quelque chose me dit qu'on y verra autant de saloperie que derrière le mien. Peut-être même plus.

Je décide de commencer par le commencement, et cherche donc son nom sur internet.
Et c'est là, qu'entre des articles louant l'efficacité de la police et ses matchs de handball d'adolescent que je la vois.
Mon sang me monte à la tête.

« C'est impossible... Non c'est impossible... »

~ VINGT-CINQUIEME CHAPITRE ~

Je n'arrive pas à en croire mes yeux. Et pourtant, c'est bien là, c'est réel. J'étais tellement obnubilé par cette enquête sur moi-même que je ne l'ai pas vu.
Un article, flambant neuf, daté du milieu de nos investigations à tous les deux. Et pas n'importe quel article.

Le lieutenant de Police, Mr Édouard Therick, reçoit une médaillé pour son efficacité à combattre le crime dans la ville.

Sous le titre, une photo : **La femme et la fille du Lieutenant étaient là pour le soutenir.**

Oui, ça peut paraître rien comme ça. Mais sur cette photo, cette femme c'est mon épouse !
Celle qu'il m'a montré en photo, celle que j'aurais pris le plus de plaisir à torturer. Et la voilà heureuse derrière cette saloperie d'Ed, avec leur enfant en prime !

Mais que me cache-t-il donc de plus, et surtout ou veux-t-il en venir ? Pourquoi me faire croire que j'ai tué ma femme si ce n'est pas le cas ? Et ces photos de « l'expérimentation »... Merde mais c'était elle, j'en mettrais ma main au feu ! Et pourtant elle est là. J'ai l'impression que je vais devenir dingue.

Il ne me reste qu'a tenter d'en découvrir le plus possible sur cette femme. Je pourrais faire suivre Ed, mais il s'en rendrait compte bien trop vite. Il est extrêmement intelligent. Faire suivre sa femme, sa fille, et découvrir leur passé sera bien plus aisé.

Il paraît évident que je ne peux pas le faire moi-même. Ed à tellement de taupes dans la ville que je me ferait repérer rien qu'en y mettant un orteil. Non, il me faut quelqu'un. Quelqu'un de compétent.

Mais pour trouver quelqu'un de compétent, il faut connaître toutes les ficelles. Et je ne connais rien de la ville dans laquelle je me trouve. Il ne me reste qu'a écumer les bars pour trouver l'information que je recherche. Il faudra que je la joue fine pour ne pas me faire trop remarquer. Mais que j'ai assez de présence pour qu'on me voit.

J'opte donc pour une sortie dans les bars de la ville en étant habillé de façon sobre et chic : Jean, chaussures en cuir italien, veston et veste de costume.

En ouvrant la porte du premier bar qui me tombe sous la main, je ne m'attendais pas à être accueilli par un silence de mort. Aucun bruit mais une dizaine de paires d'yeux posés sur moi »

« Bonjour tout le monde. J'espère ne pas déranger »

« Ne vous inquiétez pas Monsieur, c'est juste que ces cons là n'ont jamais vu quelqu'un comme vous, propre sur lui et tout. Ils vont s'en remettre ! » me dit une voix au bar.

Je m'assois au comptoir et commande une limonade. Petit à petit, comme le patron me l'avait dit, le silence fait place à un brouhaha bien plus de circonstance ;

« Qu'est-ce que t'es venu faire ici ? Je pense pas que ce soit ton type de bar »

« Je suis venu savoir si quelqu'un pouvait m'aider »

« Vous aider à quoi ? »

« A trouver des infirmations sur une personne »

« Ça pue l'embrouille vot' truc. Vous êtes flic . »

« Ho non, loin de là. Mais j'ai besoin d'informations importantes.Et aucun flic ne m'aidera pour ça. »

Le petit homme garde une moue dubitative, et en même temps c'est compréhensif, avant de partir dans une pièce derrière le comptoir. Il en reviens avec un morceau de papier ou est inscrit un numéro.

« Lui, il t'aidera sûrement ».

« C'est un traquenard ? »

« T'as demandé une info, je te donne une façon de l'avoir. Si t'en veux pas, brûle le papier en sortant d'ici, qu'est-ce que tu veux que ça me foute ? »

Et le voilà reparti à travailler derrière son bar. Je ne sais que penser de cette information. Peut-être arrive-t-elle trop tôt dans mon enquête ? Peut être que je suis frustré de ne pas mener une grande enquête ?

Par mesure de sécurité, et pour apaiser mon esprit, j'entre dans dix autres bars. Dix. Et tous me donnent le même numéro que le premier.

Soit le gars est hyper doué et réputé, soit c'est le numéro qu'on donne aux casse-couilles comme moi pour qu'on leur foute la paix... Mais l'enjeu est trop grand. Il faut que j'appelle, j'ai besoin d'en savoir plus.

Déterminé, je compose le numéro.

« Ouais ? »

« Bonjour, je m'appelle Cameron Hunt et on m'a dit de vous appeler si je voulais obtenir des renseignements sur une personne. Une femme. ».

« « On » t'a dit ? »

« Oui je suis allé dans onze bars différents et tous m'ont donné votre numéro ».

« Onze ?! Mec, au bout du troisième tu pouvais être sûr. Onze ! Sérieusement ? »

« J'aime être sûr de ce que je fais ».

« En m'appelant t'as aucune idée de ce que tu fais mec. Aucune »

« Peut-être, mais je tente le coup »

« Comme tu veux. Rendez-vous au vieux dépôt pas loin de la décharge municipale dans une heure »

Et il raccroche. Je suis si près du but que j'en tremble.

Après quarante-cinq minutes de trajet, me voilà au dépôt. Un peu en avance, donc. Je suppose qu'il préfère la ponctualité pure et simple et qu'il sera là à l'heure pile.

Quinze minutes plus tard, alors que je fume ma cigarette, j'entends des pas. Plusieurs personnes. Merde. Je suis dans la merde.

Putain dans quoi je me suis encore fourré ? Ai-je le temps de me dire juste avant de ressentir une vive douleur au niveau de l'arrière de ma tête. Après ça je sens que je tombe, je vois de plus en plus flou. Ils sont cinq, peut-être six. Pas le temps de recompter. Blackout total.

~ VINGT-SIXIEME CHAPITRE ~

Quand j'ouvre les yeux, j'ai l'impression de me réveiller à nouveau du coma. J'ai mal partout, je vois flou. Je dois avoir quelques côtes de cassées. Mais je suis en vie.

« Alors, on se réveille enfin la belle au bois dormant ? »

« Putain les mecs, vous y êtes allés un peu fort la vous croyez pas ? »

« Et encore on était pas au max »

Je me relève très péniblement, et il me paraît évident que j'ai effectivement les côtes dans un sale état. Le nez pété sûrement aussi.

« Et pourquoi ce comité d'accueil ? »

« T'as appelé, on est venus. »

« J'ai appelé pour qu'on m'aide à avoir des informations, pas pour me faire tabasser ! »

« Crois-moi, c'est ce qu'il peut t'arriver de mieux. »

« Qu'est-ce que je dois comprendre ? »

« Qu'il y a des choses qu'il vaut mieux oublier, laisser derrière soi. Cette enquête, elle va t'amener que des emmerdes. Alors tournes les talons et vis ta vie. La vraie. »

« Dis-moi ce que tu sais. »

« Je peux pas. Si je te dis quoi que ce soit d'autre, je finis six pieds sous terre. Et ce sera pareil pour toi si tu t'obstines. Prends tout ça comme un avertissement. Allez, rentre chez toi ou à ton hôtel, prend une bonne douche, dors, et demain tu changes de vie. Tu l'oublies cette nana. Tu en trouves une autre. Bref tu vis ta vie. Parce que la voie dans laquelle tu t'engages est une voie sans issue. Tu peux que te casser le nez dessus. Pars, le plus loin possible si tu peux. Et oublies tout. »

Et sur ces mots il s'en va, sans répondre à mes interpellations. Il disparaît dans la nuit.
Il sait tout, c'est sûr. Il connaît la réponse à mes questions. Mais il ne « peux » rien me

dire sans risquer de crever.

Je ne sais pas quoi faire. Oublier ? J'ai déjà oublié la majeure partie de ma vie, alors je m'accroche au moindre souvenir désormais. Impossible que j'oublie.

Partir ? Je me sens si près du but, j'effleure la réponse du bout des doigts.... Comment pourrais-je partir alors que je pourrais tout savoir.

Non, tout ça est impossible. Je pourrais rappeler, mais je risque la mort. Et si on m'entend parler de cette femme dans les bars de la ville, je pense que j'aurais le droit au même châtiment.

C'est insolvable.

Après une bonne douche et l'application de poches de glace sur mes côtes et mon visage, je me remet à réfléchir.

Pourquoi ne veulent-ils pas que j'ai la moindre information sur « ma » femme ? Pourquoi cela est-il aussi important ? Ça ne me paraît pas être une information classée secret défense au premier abord!Mais apparemment ça l'est.

On frappe à ma porte pour m'apporter mon repas, je laisse un pourboire et m'installe pour manger.

Et si j'allais vérifier dans une autre ville ? Pour

voir si je reçoit la même « punition » pour avoir voulu engager quelqu'un pour des informations sur cette femme ?

Parce que se faire emmerder pour ça dans une ville, c'est louche. Mais dans deux villes... Ça en deviendrait carrément flippant. Mais ça voudrait surtout dire que l'on me suit.

A l'aéroport, alors que je fais la queue pour passer les contrôles, je sens qu'on m'observe. Mais quand je me retourne, rien. Est-ce que je suis en train de devenir complètement fou ?

Le vol se passe bien, mais au moment de récupérer ma valise, je me sens de nouveau observé.

Et c'est la que je le vois : un homme d'une trentaine d'années, en costume cravate, qui me fixe avec insistance. Quand il voit que je l'ai repéré, il s'en va. Je récupère ma valise et je pars à sa poursuite. Par chance, il ne court pas vite, il à l'air de boiter. Je réussis à parvenir à son niveau.

« Bon, tu me veux quoi toi ? Tu m'as observé à l'embarquement, tu me dévisage maintenant... C'est quoi ton putain de problème ? »

L'homme tremble de partout, il a même l'air d'être à deux doigts de pleurer. Entre deux sanglots il parvient à me parler.

« Je... Je suis désolé Monsieur. Vraiment désolé. On m'a demandé de vous suivre partout. Je sais pas faire ça, je sais pas. Je voulais pas, mais ils m'ont obligé. »

« Obligé ? »

« Oui... Ils ont ma femme et ma fille. Ils vont les tuer si je ne leur donne pas les informations qu'ils veulent ! »

Je regarde cet homme qui pleure désormais de désespoir. Merde, mais je suis poursuivi par la mafia ou quoi ?

« Qui t'a dit de me suivre ? T"as un nom ? Une description physique ? »

« Non, rien.... Tout s'est passé par téléphone. »

« Tu leur a fait quoi pour qu'ils s'en prennent à toi ? »

« Je dois beaucoup d'argent un peu partout. Je vous en prie, aidez-moi, donnez-moi quelque chose à leur dire. N'importe quoi, je vous en supplie !!! Ma femme et ma fille n'ont rien fait ! Aidez-moi ! »

« Non. T'as fait des conneries, t'assumes. Maintenant barres-toi de la avant que je t'en mette une. Les gens qui supplient j'ai qu'une envie c'est de leur foutre des baffes. »

Sur ces paroles, je le laisse sur le trottoir pendant que je vais récupérer ma voiture de location.
Les gens qui geignent m'insupportent.

A l'hôtel, mes neurones tournent à cent à l'heure. Il faut que je trouve une façon d'avoir des infos sur cette femme sans que la « mafia » ne me tombe dessus ou ne m'amène un autre pleurnichard. Je dois essayer d'être discret tout me faisant un peu remarquer... C'est un vrai sac de nœud cette histoire !

Plus les heures passent et plus je me dis que, quitte à être suivi, autant être bien visible et aller voir directement un détective privé. Au moins comme ça ils seront fixés sur mes intentions. Au pire, ils butent le détective privé, et ça sera pas une grosse perte, au mieux ils me retrouvent comme la dernière fois et j'en saurais peut-être un peu plus sur ce qu'il se passe.

La nuit passe, et ayant à peine dormi à cause de ma douleur aux côtes, je me lève d'un pas décidé direction « le meilleur détective privé de la ville ». Du moins c'est ce que dit son site, perso je pense qu'il a juste un ego démesuré, mais si il m'aide ça me va.

Arrivé devant la maison, j'avoue que je suis impressionné. La maison est classe, mais sobre. Le gazon est impeccablement tondu. Et vu la surface de son jardin, on peut supposer qu'il y a un jardinier. Sur la droite, on devine une piscine assez grande. C'est bon à savoir :

être détective privé, ça paie bien. Mais seulement quand on est doué. Espérons qu'il ne vit pas seulement sur les revenus de sa femme.

La porte s'ouvre avant même que je sonne. Un homme, la cinquantaine, style sobre mais classe (comme sa maison) se trouve devant moi.

« Vous devez être Mr Hunt ? Je suis Raphaël Lukas ! Entrez, ne restez pas dehors !

Cet homme a du goût en matière de décoration intérieure. Il me fait asseoir dans un fauteuil incroyablement confortable pendant qu'il nous prépare du café.
Je ne dois surtout pas m'arrêter aux apparences. Ce dont j'ai besoin c'est d'un professionnel. Un vrai.

Il revient avec les cafés, un carnet et un stylo.

« Alors, dites-moi ce qui vous amène à moi »

En omettant bien sur la partie ou je suis un tueur en série psychopathe, je lui raconte tout, de mon coma jusqu'à cette femme, dont je dis juste qu'on m'a affirmé sa mort alors qu'elle est mariée à mon frère, et je termine par mon passage à tabac, et cet homme dans l'aéroport.

« Hé bien...On pourrait écrire un roman avec votre histoire ! Ce que je retiens c'est que quelqu'un ne veux pas que vous sachiez quoi que ce soit de cette femme. Elle est la clé pour tout comprendre.
Et cette photo avec votre frère... Une sœur jumelle peut-être ? Vous savez ça arrive plus souvent qu'on ne le pense dans les fratries. »

« Sauf que si c'était ça, on n'essayerait pas de me tuer parce que je veux des infos sur elle ! »

« Exactement. C'est la que ça devient complexe. Il faut la trouver. Rien d'autre à me dire ?

« Rien, je vous ai tout dit »

« Très bien. J'ai quelques contacts. Je verrais ce que je peux faire. Je vous appelle dans la semaine.»

~VINGT-SEPTIEME CHAPITRE ~

Le plafond compte 28 dalles. L'eau chaude met 12 secondes à arriver dans la douche. La confiture de patate douce est excellente. La télé est bombardée par la télé-réalité, ça en devient à vomir.

Bref, je me fais chier. J'attends désespérément que le détective me rappelle, enfermé dans ma chambre d'hôtel. J'aurais pu le rappeler, mais je préfère le laisser faire son boulot. En espérant qu'il soit vraiment doué.
J'ai l'impression d'avoir mis ma vie entre ses mains. Ou en tous cas une bonne partie. Va-t-il réussir là ou j'ai échoué ? Ou va-il se casser (littéralement) le nez ?

Les heures, les jours passent, de plateau repas en plateau repas, de pubs en pubs... Et putain, une semaine et pas de nouvelles !
Tant pis je vais le voir. Il avait promis de me tenir au courant dans la semaine après tout.

Le taxi me dépose devant sa maison. Elle est toujours aussi impressionnante. Je m'avance vers la porte et m'apprête à sonner quand je vois qu'elle est déjà ouverte. J'entre en frappant.

« Il y a quelqu'un ici ? C'est Monsieur Hunt ! Vous deviez me contacter... »

J'arrive dans le salon et ne vois personne. Je pousse vers la cuisine, et c'est là que je le vois.
Du sang. Du sang absolument partout. Et il est frais. Le cadavre est sans tête, mais cette dernière n'est pas loin. En effet, elle trône fièrement sur le frigo, me fixant de ses deux yeux vides et sans âme.
Sur ce même frigo, tout un tas de papiers. Mais entre les listes de courses et les mémos, un message se détache du lot.
Un papier un peu froissé. Un papier qui m'est destiné.

« Tu veux jouer avec le feu ? Très bien, jouons. Mais c'est nous qui fixons les règles, alors préparez toi à perdre. Tu vas y laisser plus que des plumes ».

Au loin, j'entends les sirènes de police. Mon instinct me hurle de sortir au plus vite de la maison. Je me met à courir mais arrivé sur le pas de la porte, je me retrouve encerclé. Sans même avoir le temps de protester, me voilà menotté et en route vers le poste de police. La bas, on me confie à un inspecteur. Du genre gras du bide et de mauvais poil.

« Dites-moi Monsieur... Hunt, pourquoi avoir fait ça ? »

« Pourquoi avoir découvert le corps ? Parce que je l'avais engagé et que ça traînait »

« C'est pour ça que vous l'avez tué ? Parce qu'il traînait ? »

« Je ne l'ai pas tué. J'ai juste découvert le corps »

« Arrêtez vos conneries. On a une bonne

dizaine de témoins qui vous ont vu entrer chez lui, énervé et avec ce qu'ils qualifient de « gros couteau ». Ils ont ensuite très clairement entendu l'altercation, les cris, puis plus rien. Et ensuite on vous voit tenter de fuir la scène de crime. Tout est contre vous Mr Hunt. Plus vite vous aurez avoué, plus vite nous aurons terminé. J'ai d'autres projets que de passer la soirée avec vous »

Merde, comment je vais sortir de la moi... Je suis foutu, aucune porte de sortie. Pris au piège, pas sûr que ma gouaille me serve a quelque chose cette fois.
Je lui redis que je n'ai rien fait, mais bien sûr ça n'a aucun effet. En attendant de savoir quoi faire de moi, ils m'enferment dans une cellule avec deux autres gars : un drogué qui se bave dessus et un mec très musclé avec pour tatouage une croix gammée. On peut dire que je vais être en charmante compagnie ce soir.

« Tu regardes quoi ? » m'aboie le grand nazi.

« Rien, je faisais un tour de notre logement commun. Après tout, on va passer au moins une nuit dans cet endroit exigu, autant essayer d'en savourer chaque minute ! »

Mon trait d'esprit n'a aucun effet sur lui, qui se contente de maugréer dans sa barbe un truc incompréhensible avant d'aller s'asseoir. A part me vociférer des trucs à la tronche, je doute fortement d'avoir des ennuis avec lui. Quant au drogué... Espérons qu'il ne me bave pas dessus, ou qu'il ne meure pas. Ils seraient capables de me rendre coupable de ça aussi.

La nuit passe, dans le silence à peine perturbé par le cliquetis des claviers des officiers de police de garde. C'est alors que le nazi me demande :

« Pourquoi ils t'ont coincé ? »

« Ils m'accusent d'avoir décapité un mec. C'est pas moi mais pour eux ça n'a aucune importance »

« Décapité un gars ? Merde c'est pas un petit truc ça... T'es sûr que t'y es pour rien ? »

« Oui je suis sûr. Pourquoi, je te fais peur ? »

« Ben c'est violent... »

« Tu vas pas me faire croire que tu es un enfant de chœur quand même ? Pourquoi tu es là toi ? »

« Avec mes potes, on a tabassé un négro qui passait, je suis le seul a m'être fait chopper. Le gars s'en est sorti de justesse. Et ça m'énerve... IL aurait mérité de crever. Tu sais, ils gangrènent tout ces sales... »

Je l'interromps.

« STOP ! On va éviter de parler de ce genre de choses, parce qu'on risque de se fâcher très vite. Alors sont bannis comme sujets la politique, l'immigration, les opinions sur les gays, les noirs, les arabes, les asiatiques et j'en passe. Ok ? »

« Ok. »

Et la nuit continue. De temps en temps on échange une phrase ou deux. Je pense que ni l'un ni l'autre n'a vraiment envie de dormir. Demain nous saurons tous deux si nous passerons du temps en prison. J'aimerais que le temps s'arrête, mais la nuit file à une vitesse folle.

J'ai du dormir deux heures quand je vois débarquer l'inspecteur.

« Vous êtes libre Mr Hunt »

Devant mon air incrédule il rajoute :

« Vous avez un bon avocat.... »

Ni une, ni deux, je m'empresse de sortir de la cellule, en ayant une pensée pour mes colocataires d'une nuit. Je dois signer une tonne de paperasse dont je ne comprend que la moitié, et ensuite ils me laissent sortir.

A peine ai-je franchi le seuil du bureau de police qu'un homme vient vers moi d'un ton décidé.

« Monsieur Hunt ? Je suis Samuel Rohmer, votre avocat »

Il me tend la main mais je ne la serre pas. Ce mec pue l'arnaque.

« C'est grâce à moi que vous avez évité la

prison ! »

« Grâce à vous ou grâce à vos boss ? Parce que vous tout seul contre ce dont j'étais accusé, vous ne faites pas le poids »

Son visage se referme tout à coup.

« L'important c'est que vous soyez libre, peut importe comment. »

« Et quel est le prix de ma liberté ? »

Je vois à son expression que j'ai touché juste.

« Si nous allions discuter de tout ça autour d'un café ? »

Le bar ou il m'emmène est assez sympa. L'ambiance y est calme, les serveurs souriants. Nous prenons tous deux un café en nous jugeant l'un l'autre en silence.
Au bout d'un moment, il finit par parler.

« J'ai reçu des ordres. Et des papiers à montrer au commissaire. Et des menaces si je ne vous aidait pas à sortir de là. Je ne sais pas qui ils sont, mais ils sont nombreux et organisés. Ils sont partout ! »

Sa voix tremble.

« Qui ça, « ils » ? »

« Je ne sais pas justement mais ils ont des choses... disons compromettantes sur moi, et je ne veux surtout pas que ça s'ébruite. Vous comprenez ça ruinerait ma vie »

« Quelque chose d'illégal ? »

Il hoche la tête.

« Et ils vous ont contacté quand ? »

« Hier soir, peu de temps après que vous ayez été arrêté. »

Ok, donc ils me suivent. Mais ont-ils tué le détective et organisé tout ça pour me faire peur ?
Si c'est le cas, ces mecs sont barges. Sinon, je ne sais quoi en penser.
Le pauvre avocat tremble de partout, sûrement de peur que ce qu'il a fait s'ébruite. Ou par peur qu'ils ne trouvent pas qu'il ait fait un bon

boulot.

Je ne sais pas qui tire les ficelles. Je ne sais pas combien ils sont. Je ne sais pas ou ils sont.
Ce que je sais en revanche, c'est que je ne me laisserait pas faire et que j'aurais le fin mot de l'histoire.

~ VINGT-HUITIEME CHAPITRE ~

Je sais désormais que peu importe l'endroit ou j'irais, je serais toujours observé. Mais par qui ? Une association de psychopathes ? Enfin, je suis assez mal placé pour parler de ça. Surtout qu'au terme de mes pérégrinations je suis arrivé dans le quartier des putes. Et si je m'en faisais une pour me calmer les nerfs ?
J'approche une fille, blonde, la vingtaine et déjà le visage déformé par le crack et l'héroïne. Je lui fais signe que je suis intéressé et elle me fait monter dans son fourgon.
Tout à l'intérieur est immonde : l'odeur de lubrifiant mélangé à l'encens et à l'odeur des capotes usagées, le décor kitsch moquette au sol et au plafond, histoire de bien retenir les odeurs. De la musique faussement romantique. Et elle. Un ange déchu. Elle qui a suivi la mauvaise voie. Elle qui se met déjà à écarter les jambes en me montrant le bocal de capotes a côté du bocal de fric.

« La totale c'est 150. La pipe 50. Juste regarder c'est 20 »

« Quelle horreur... Alors voilà le prix de ta dignité ? 150 la totale ? Tu te rend compte de ce que tu dis ? »

« Si tu es venu pour juger, vas-t-en ! »

« Je ne suis pas venu pour juger. Je suis venu pour t'offrir un aller simple vers le septième ciel »

« Prétentieux »

« Réaliste »

Et pendant que nous parlons, je choisis mon arme. Je n'avais rien prévu alors je vais me contenter de mes lacets.
Sans réfléchir une seule seconde, je me jette sur elle. Au départ, elle ne comprend pas ce qu'il lui arrive, ayant sûrement déjà eu des jeux de ce genre avec ses clients. Puis, à mesure que son visage rougit, elle commence à réaliser, et panique.

« Si tu t'agites tu auras encore plus mal »

De temps en temps je desserre mon étreinte,

pour lui faire croire qu'il reste un espoir que je la laisse en vie. Je ne la laisse prendre qu'une inspiration, et je serre de nouveau le lacet. Cette fois ci de plus en plus fort. Ses yeux virent au rouge, et avant que j'ai pu me lasser de cette activité, la voilà éteinte.

C'était plaisant. Moins que de la dépecer mais tout de même. Je relace mes chaussures, sors de son fourgon et marche vers l'inconnu. Avec la même idée en tête. Qui ?

Puis, une idée me vient. Et si j'en faisais trop ? Si je me mettais à tuer à tour de bras ? Ils doivent avoir sacrément besoin de moi pour m'avoir fait sortir de taule.
Je vais donc tout faire pour recommencer ici ce que je faisais chez moi.

Il m'a fallu pratiquement trois semaines pour rassembler le matériel, trouver un endroit, ne

pas éveiller les soupçons, trouver des cibles potentielles. J'ai d'ailleurs ajouté une petite subtilité à ce que j'avais avant : des cages. Plusieurs futures victimes y sont. Quatre pour être exact. Quatre cages, quatre victimes apeurées et effrayées.
On sous-estime trop souvent le pouvoir exaltant de la peur chez l'assassin. Ici elles entendent leur camarades se faire dépecer vivantes, sans les voir. Elles s'imaginent le pire, mais rien de tel ne leur viendrait à l'esprit. Ce sont des prostituées pour la plupart. Des êtres immondes. Elles méritent la mort qui les attend.

Jour après jour je les découpe, je les étudie, j'apprends. En ce moment, je suis fasciné par l'utérus. Cet endroit du corps ou nous sommes tous passés. C'est la que nous prenons vie. Avoir un utérus devrait se mériter. Aucune d'entre elles ne le mérite. Alors après cette observation, je les coupe de haut en bas. On connaît mieux quelqu'un quand on sait à quoi il ressemble de l'intérieur. Cirrhose, poumons noirs, organes plus ou moins encrassés. Parfois même le cœur est déjà atteint par toutes les drogues qu'elles avalent. Comment peut-on se rabaisser à ce point là ?

Une fois mon travail et mes observations terminées, je jette le corps dans un trou d'acide. Petit à petit, elles disparaissent. Elles qui n'auraient jamais dû exister.

Tous les jours, je dois aller chasser, pour ne jamais laisser une cage vide. Et c'est là que je la vois. Jeune, si jeune. Pure. Elle porte une robe longue d'été, ses cheveux blonds balayés par le vent. Je m'arrête à son niveau et ouvre la vitre.

« Vous cherchez quelque chose Monsieur ? » me demande-t-elle de sa voix cristalline

Ce faisant elle pose ses mains gracieuses sur ma portière.

« *Vous vous appelez comment ?* »

« Adèle, et vous ? »

J'ai eu tellement d'identités que je me perds un moment avant de répondre.

« *Cameron* »

« Enchantée Cameron, alors vous êtes

perdue ? »

« Quel âge avez-vous pour rester seule si tard la nuit ? »

« 18 ans. Vous avez besoin de mon aide ou pas ?

Sa voix semble un peu agacée mais elle sourit toujours.
Je sors de la voiture, et lui cogne violemment la tête contre la portière. Elle est assommée. Je l'amène au labo.
Je ne sais pourquoi elle me fascine tant. Je ne la met pas dans un cage mais l'attache contre un mur dans le labo même/ C'est comme si elle était la seule à mériter de me voir travailler. Mais pourquoi... Pourquoi ces sentiments, moi qui n'en ait pas d'habitude ?
Adèle... Un si beau prénom, une si jolie jeune fille.
La voilà qui se réveille.

« Ou... Ou suis-je... ? »

« Bienvenue dans le futur ! Et peut-être le tien ! »

Adèle a peur, c'est normal, on aurait peur à moins. Elle s'agite mais elle est trop bien harnachée pour pouvoir bouger.

« Vous voulez quoi de moi ? Me tuer ? »

« *Ho que non, je te veux toi. Et peut être, un jour, une assistante de choix* »

« Une assistante de quoi ? »

« *Justement ça va commencer* »

Je pars chercher une des filles dans les cages, l'attache à ma table d'opération et allume la lumière au dessus d'elle.

« *Ces derniers temps je m'étais concentré sur l'utérus et , même si j'y ai appris des choses, je tournais en rond.Maintenant je tente de m'intéresser aux organes de manière général, tout en gardant en tête le thème principal de mon sujet !* »

« Quel est-il ? » me demande Adèle d'une voix glaciale.

« La douleur ! La résistance à cette dernière, le point de non retour, celui ou le mental ne nous suffit plus ! »

« On dirait un truc de nazi »

« Pensez ce que vous voulez, le sujet est fascinant ».

A la fin de mon expérience, et après avoir jeté le corps dans l'acide, je me retourne vers la jeune femme.

« Alors ? »

« Alors c'est dégoûtant, répugnant, horrible... »

« Et pourtant... »

« Pourtant quoi ? »

« A aucun moment tu n'as détourné la tête, fais de grimaces de dégoût. Au contraire tu étais fascinée toi aussi. »

« N'importe quoi ! »

« Nies tant que tu voudras, mais ce soir tu as révélé ta vraie nature. »

« Qui est... ? »

« Tu es tueuse dans l'âme »

~ VINGT-NEUVIEME CHAPITRE ~

Un peu de patience... Un peu de conditionnement... Un peu d'autorité... C'est tout ce qu'il me faut pour faire d'elle une esclave docile. J'ai senti au plus profond de mon être qu'elle avait cette envie en elle de tuer, ou en tous cas qu'elle es fascinée par ça. Chaque jour, je dois la contraindre à regarder mes recherches. Et chaque jour elle les regarde de la même façon, tout en prétendant en être horrifiée ensuite. Mais on ne me la fait pas à moi. Je connais les tréfonds de l'âme humaine, je sais à quel point cela peut être tordu dans tous les sens. Et je sais qu'elle va me servir à quelque chose.

Une idée me vient alors : pourquoi ne pas faire d'elle celle qui écrira mes expériences ?
Obligée de les regarder pour les documenter, elle sera peut-être moins encline à haïr ce que je fais. Elle sera au cœur de l'action.

Ni une, ni deux, je vais la chercher, l'emmène dans le labo et lui expose son nouveau rôle.

« Non »

Trois petites lettres, dites calmement et posément. Mais trois lettres qui ne me plaisent pas.

« Comment ça non ? »

« Je n'en ai pas envie »

« Parce que tu imagines que je te laisse le choix là ? »

« Tuez-moi, torturez-moi, enfermez-moi... Je m'en fiche. J'ai essayé d'être docile en pensant que vous m'amèneriez vers l'extérieur et que j'aurais pu m'enfuir... J'aurais dû adopter une autre technique parce que ce que vous voulez de moi c'est être votre bras droit. Vous êtes un putain de psychopathe. Pourquoi je voudrais passer du temps avec vous ? »

« Mais... Et les expériences... Tu semblais si fascinée. Sans aucune forme de dégoût. Je suis sûr que tu me mens. Ou alors tu te mens à toi-même. On pourrait faire un magnifique duo.

Tous les deux on pourrait faire ces magnifiques recherches, faire avancer la science ! On pourrit ouvrir de nouvelles perspectives ! Et dans le même temps punir les gens impurs, les rendre vraiment utiles via cette expérience ! N'en as tu vraiment pas du tout envie ? »

« Pas du tout. Mais vraiment. Vous me dégoûtez. C'est vous la lie de l'humanité. »

« Tu oses me comparer à ces putes, ces ivrognes, ces clochards ? »

« Nul besoin de comparaison, il existe une et une seule évidence : vous êtes pire qu'eux »

Mon sang ne fait qu'un tour. Moi ? Pire que ces âmes putrides, pire que ces déchets ? Comment ose-t-elle me faire un discours comme celui-ci ? Par provocation peut-être. Mais je déteste la provocation. Elle n'a rien à faire dans mon laboratoire.
Lentement, je marche vers elle. Lentement j'approche ma bouche de son oreille.

« Tuez-moi, torturez-moi, enfermez-moi... Tu t'en fiches... C'est bien ce que tu as dit ? »

Je l'entend déglutir lentement. Je sens l'odeur de la sueur qui perle dans son dos. Je vois ses mains qui se crispent. Je vois ses yeux bordés de larmes qu'elle se retient de laisser couler.
Elle a peur. Terriblement peur. Elle fait de son mieux pour ne pas que je le voie, mais son corps tout entier la trahit. Moi qui étudie la douleur, je me rend compte à ce moment précis que les mécanismes de la peur sont tout aussi fascinants. C'est terriblement fragile, délicatement douloureux, discrètement paralysant. C'est toute une poésie. Et cette poésie je la ressens en elle.

« Adèle, très chère Adèle... »

Je lui tourne autour, caresse ses cheveux, hume son odeur si délicate...

« Tu t'entêtes contre le mauvais tueur en série. »

Ses pupilles se dilatent, elle regarde partout autour d'elle. Elle cherche un moyen de s'enfuir. Il n'y en as bien sûr aucun, mais la regarder chercher a le mérite de me divertir.

« Parce que oui, j'ai conscience d'être un tueur en série. Si tu savais combien de personnes-enfin si on peut appeler ça des personnes-j'ai tué. Si tu savais combien d'entre eux m'ont supplié, combien ont pleuré, combien ont essayé de me raisonner, persuadés que j'avais une once d'empathie cachée quelque part dans les tréfonds de mon âme. Si tu savais Adèle. Si seulement tu savais. Alors tu ne chercherais pas à t'enfuir. Breaking News : je n'ai AUCUNE empathie d'aucune sorte. Et tu vas bientôt pouvoir le vérifier toi-même »

Je la prend par le cou, la dépose et l'attache à ma table de travail sans aucune difficulté.
Elle ne hurle pas. Pas encore. Mais ça viendra.
Ils finissent tous par hurler et demander pitié.
Ils sont tous pitoyables.

« Vous allez faire vos recherches sur la douleur pour moi aussi ? » me dit-elle en essayant de masquer ses sanglots.

Je ne lui réponds pas, je prépare mes outils et documente ce que j'ai pu voir de sa peur. Cette peur qui passe par les yeux de tous ceux qui sont passés sur cette table.

« Je vais te faire une faveur. Parce qu'au fond je t'aime bien. Tu n'auras pas à regarder ce qu'il t'arrive »

Elle ne dit pas un mot. Mais c'est quand je me retourne vers elle qu'enfin elle se met à hurler. Et à raison. Non elle ne verra rien de ce qu'il se passe. Parce que je compte bien faire en sorte de lui enlever ses beaux yeux bleus.
Double bénéfice : elle ne verra rien et je pourrais documenter sa douleur et sa peur alors qu'elle est aveugle. Une étude somme toute très intéressante vient s'ajouter.

« Ma belle Adèle... Souffle un grand coup et ça passera tu verras »

Sa respiration est saccadée. Elle transpire. Elle crie. Privée de la vue, tout est effrayant. Elle ne sais jamais ce que je lui prépare quand j'arrive dans la pièce.
Parce que cette fois j'ai décidé de prendre mon temps. Je ne veux pas qu'elle meure trop vite. Alors j'évite d'aller fouiller dans ses entrailles. Pour le moment. Je me contente de tortures

classiques : brûlures, arrachages de dents et d'ongles, électricité, cassages d'os divers et variés...Un vrai terrain de jeu ! En matière de torture, nos ancêtres étaient des pros, et les services secrets aussi. Une mine d'or pour qui veut s'amuser un peu. Et puis Adèle est une coriace, cela fait déjà 5 jours qu'elle tient, alors que mes meilleurs sujets ne tenaient que trois jours, et encore c'était les plus résistants. Je pense que cela vient du fait qu'elle n'est pas la lie de l'humanité. Elle n'en fais pas partie. Eux savent au fond qu'ils le méritent. Leur vie est tellement pitoyable qu'ils finissent par abandonner, parce qu'ils n'auraient, si je leur laissais le choix, comme alternative de retourner à leur vie miteuse. Mais Adèle n'est pas comme ça. Elle a la beauté et la force de sa jeunesse. Des espoirs et des rêves par centaine. Une vie tranquille, loin de la violence. Enfin... Jusqu'ici.

« Bonjour ma douce ! Prête pour un autre round ? Celui là risque de piquer un peu »

« T-t-t-t-ta-g-g-gueule »

« De bonne humeur à ce que je vois. Parfait ! Alors, aujourd'hui c'est un peu spécial. Parce

que tu vas pouvoir choisir ton poison si j'ose dire. J'ai prévu de couper un peu ici et la, mais j'hésite entre la tronçonneuse ou la scie ! La tronçonneuse est rapide et efficace, mais elle détruit complètement les chairs et ensuite c'est le bordel. A « réparer » et à nettoyer. Je te jures ça en fout partout !
La scie à le mérite de faire quelque chose de propre, mais par contre ça dure plus longtemps. On ne scie pas un os comme on découpe du pain, hein ! Alors ? »

Sa tête se tourne vers moi et je peux observer ses orbites vides. Sa bouche émet un léger rictus. Quelque chose qui ressemble vaguement à un sourire. Je n'ai qu'a baisser la tête pour voir son majeur droit pointé vers moi. Je suis d'abord impressionné, étant donné que ce bras a été pas mal brûlé, mais apparemment certains nerfs ont survécu. Étonnant, mais amusant. Ensuite je saisis la portée de son geste. Quel courage. Quelle détermination. Elle sait qu'elle va mourir, elle sait ce qu'il va lui arriver. Elle sait qu'elle va encore souffrir longtemps. Mais, même au bord du précipice, elle reste droite, sur ses principes, et bien décidée à se battre avec le peu d'armes qu'il lui reste.

« Si tu ne veux pas choisir, alors je le fais pour toi ! Vu que je ne suis pas quelqu'un qui raffole du ménage, on va faire ça à la scie. Bon, ça prendra du temps et de l'énergie, pour nous deux, mais ça va être sympa ! »

Pendant que je prépare tout ce dont j'ai besoin, je l'entend soupirer. Je me rapproche donc de sa bouche et tend l'oreille.

« Tu vas p-p-payer pour ça. Pas av-avec moi m-m-mais tu vas payer. Et j'espère que tu iras rôtir en enfer »

C'est dit d'un ton déterminé. Je respecte ça.

« Je sais qu'on m'auras un jour. Tu me crois si stupide ? Je sais le prix d'une vie, aussi pitoyable soit-elle. Je sais que je risque la chaise électrique. Voire pire. Mais je m'en fiche. Mes recherches serviront au monde entier, que je sois enfermé, torturé ou tué. Mes recherches valent plus que la vie humaine. Que n'importe quelle vie. Et en plus de ça je débarrasse la société de ses sujets les plus médiocres. On a tous à y gagner !
Mais, assez de discussion. Il y a ici une scie

qui adorerait couper quelque chose ! Un bras peut-être ? Allez, allons-y pour le bras ! »

~ TRENTIEME CHAPITRE ~

Adèle aura tenu six jours. Six jours... Avec force et détermination, elle aura tenu plus longtemps que toutes mes autres victimes. Jour après jour, torture après torture, elle m'aura toujours « regardé » avec haine. Et ça m'a fait réfléchir. Peut-être que le fait de m'avoir regardé pendant plusieurs jours torturer et découper mes victimes lui aurait donné le courage de me défier en parole et en regard quand son tour fut arrivé ? C'est une possibilité à ne pas écarter, très certainement.

En me retrouvant devant ce qu'il reste de son corps, je ne peux m'empêcher de me dire que sa compagnie fut agréable. Elle ne va pas me manquer, mais son courage oui. Et c'est elle qui m'a donné l'idée d'étudier la peur et son rapport à la douleur. C'est un pas significatif et ça m'apporte énormément d'horizons de recherches. Et oui, cette jeune femme aura au moins permis cela.

Mais, trêve de pensées inutiles, il faut avant tout se débarrasser du corps. J'ai pour habitude de les plonger dans l'acide mais pour Adèle, je veux faire quelque chose de plus osé.

Morceau après morceau, je la découpe soigneusement. Chaque partie d'elle ira dans

un sac différent. Mais attention, je ne suis pas complètement con, je prend le temps de tout désinfecter, de rendre son corps entièrement stérile. D'en faire quelque chose qui n'a ni forme ni odeur. Presque un objet d'art finalement.
Sept morceaux. Voilà ce qu'il reste d'Adèle. Je nettoie ma voiture de location de fond en comble pour ne laisser aucune trace et j'y entrepose mes sacs. Mon projet est simple : enterrer Adèle dans sept endroits différents de la ville. Soigneusement, je m'attelle à la tâche. Consciencieusement, je creuse ses tombes. Et patiemment j'y met les sacs.
Je n'ai jamais enterré une seule de mes victimes. Et si je le fais la, ce n'est pas par amour pour Adèle. Je n'ai jamais été amoureux d'elle et j'ai même tendance à penser que l'amour es un frein à la réussite. Si je fais ça, c'est uniquement pour rendre hommage à son courage, tout en en ayant moi-même. Car, même si j'ai absolument tout nettoyé et que ses restes mettrons des mois, voire des années, à être découverts, je prend le risque de me faire prendre.

Rentré chez moi, et après une bonne douche revigorante, me vient à l'esprit quelque chose d'évident : je dois changer de ville, et vite. J'ai fait dans cette ville plus d'une dizaine de victimes. Et, même si il ne s'agissait que (à part Adèle bien sûr) de la lie de l'humanité, je risque de me faire repérer à tous moments. Il paraît qu'il y a des gens qui tiennent à ces erreurs de la nature.

Je dois donc trouver une ville, assez grande pour ne pas me faire repérer. Mais pas trop grande au risque de me perde. Mes recherches ont pris un nouveau tournant, et il est hors de question que tout s'arrête ici.

Une fois la ville trouvée, je me prend un billet d'avion et prépare ma valise. La ville que je quitte m'aura changé un peu. En tous cas j'y ai connu quelques bouleversements. Mais je me refuse à regarder en arrière. Il faut toujours avancer, car le passé nous cloue au sol.

Dans l'avion, je peux voir toutes sorts de gens. Des familles avec des gosses insupportables, des couples transis d'amour, des amis qui n'attendent que d'atterrir pour faire la fête, des hommes d'affaires qui lisent tranquillement leur journal, des personnes un peu perdues, des phobiques de l'avion... Toute cette population réunie au même endroit. Toutes ces personnalités, ces objectifs différents. J'ai

toujours été fasciné par la bêtise humaine. Par ce moyen que les gens ont pour avoir l'air encore plus stupides à chacun de leurs actes et leurs paroles. Et dans cet avion, qu'est-ce qu'il y a comme bêtise. Les gosses qui braillent avec leur mère qui ne fait que brailler plus fort qu'eux, les jeunes qui se bourrent la gueule dans l'avion avec l'objectif de ne pas tenir debout en descendant, des couples qui pensent que leur amour durera éternellement, des hommes d'affaires qui lisent des choses qu'ils ne comprennent même pas.
Merde. Vivement que l'avion atterrisse.

Dès que l'avion atterrit, je me rend immédiatement à mon hôtel. Après avoir trouvé une tenue convenable, je m'attelle à faire un peu le tour des bars du coin histoire de chiner quelques informations sur la « population exécutable » . Quoi que les gens puissent penser des bars, ils offrent une quantité d'informations précieuses. Quand les gens ont trop bu, ils ont tendance à trop parler. Et c'est là que ça m'intéresse. Je me fous complètement de la population qu'il y a la bas, je cherche juste des réponses. Et dans les bars, des réponses il n'y a que ça.
Dans cette ville je m'appelle Terry Perez. Bien

décidé à trouver ce qui m'intéresse, j'entre dans le premier bar venu.
Chic et sobre, ce bar n'est néanmoins pas dépourvu d'ivrognes de fond de salle. Parfait. Je m'assois au bar et commande un verre de vin. Ça me laissera le temps de prendre un peu la température du lieu.
Ce bar semble avoir été autrefois un bar de haut standing. Mais apparemment ce n'est plus le cas. Bien sûr il y a encore quelques personnes tirées à quatre épingles, mais il suffit de regarder l'état des sièges ou l'amas de poussière sur les lampes pour savoir qu'ils sont radicalement descendu en gamme.
Toujours dans mes réflexions, je ne vois pas immédiatement qu'une femme s'approche de moi.

« Salut beau gosse. Qu'est-ce que tu viens faire ici ? »

En guise de réponse, je lui montre mon verre de vin.

« Moi je pense que tu es venu ici pour tout autre chose. »

« Et qu'est-ce qui vous fait dire ça ? »

« Ouh... Quelle voix sexy ! Et bien chéri, ça fait vingt minutes que tu es là et tu n'arrêtes pas de regarder le bar sous tous ses angles. Je dirais que tu cherches quelque chose. Ou quelqu'un. »

« Futée... Mais ce que je cherche ne te regarde pas »

« A défaut d'avoir ce que tu cherches, tu pourrais peut être avoir ce qui se fait de mieux dans ce bar »

« Qu'est-ce que c'est ? »

« Moi! »

Je savais déjà ou cette conversation allait me mener mais bon... Cette pute me proposait ses services ouvertement, ce qui signifie que tout le monde dans ce bar doit la connaître, qu'elle passe beaucoup de temps dans ce bar et que par conséquent son absence serait facilement repérable. Je ne peux donc pas la tuer, malgré le dégoût qu'elle m'inspire.

« Alors beau gosse ? Tu veux aller au septième

ciel ? »

Bordel, ce qu'elle m'insupporte !

« Non. Mais t'as de la chance que je ne puisse pas t'y amener moi-même. Fous le camp »

Elle partie, je peux tranquillement reprendre mes observations. Et quelque chose me dit que je ne repartirais pas bredouille.
Je finis mon verre et me dirige vers les ivrognes qui semblent avoir investi les lieux depuis un moment.
Malgré l'ancien standing des lieux, ces pochetrons ne sont pas différents de ceux que l'on trouve dans les bars miteux. Ils portent juste une cravate, comme ci cette dernière masquait leur alcoolisme.

« Bonsoir messieurs » dis-je en m'asseyant près d'eux.

« Heu... Bonsoir. Vous voulez qu'est-qu'chose ? » me régurgite un vieux barbu orné d'une cravate autour de la tête.

« Seulement vous parler »

Celui qui me semble le moins ivre de la troupe s'approche de moi.

« Quelque chose me dit que vous voulez obtenir quelque chose de nous, je me trompe ? »

« Vous ne vous trompez pas »

« On a pas de fric, si c'est ce que vous voulez » me dit un jeune homme d'une vingtaine d'années, la voix mal assurée.

« Je ne veux pas de fric, j'en ai assez comme ça. Je souhaite des informations »

« Quel genre d'informations ? » reprend le moins ivre.

« Du genre qui ne vous foutra pas dans la merde mais qui m'aidera vivement »

« Allez-y »

« Je cherche le quartier des putes et des SDF »

« Wow, vous n'y allez pas par quatre chemins

vous au moins ! »

« Disons que je n'ai pas de temps à perdre »

« Mais fallait pas prendre vos grands airs ! Juste pour des putes, ben dis donc ! C'est pas difficile à trouver, ils sont tous rassemblés au sud de la ville. Il paraît que ça rend le reste de la ville plus propre. Perso je suis pas d'accord mais mon avis tout le monde s'en fout »

« Je suis d'accord. Je m'en fous de votre avis. Merci pour l'information. Au revoir messieurs. »

« Hey mais attends ! Tu peux payer ta tournée au moins ! »

« Je n'ai pas pour habitude de donner de la drogue à un drogué. Vous avez votre dose. Au revoir »

Je quitte le bar sans regarder derrière moi, et pourtant je sens que je suis suivi. Rapidement, je me retourne pour faire face à un homme de deux mètres de haut, aussi large qu'une armoire.

« Je peux vous aider ? »

« Il paraît que tu as envoyé chier Candice ? »

« Qui ? »

« Candice, la jeune femme qui t'as abordé au bar. Il paraît que c'est parce que tu as été très dur avec elle qu'elle n'a pas pu te compter parmi nos clients »

« Je n'ai pas été dur avec elle, je l'ai juste ignorée et je lui ai dit de foutre le camp. Après, je comprend qu'elle romance l'histoire pour ne pas avoir d'emmerdes avec vous, mais j'en ai rien à foutre. Votre business c'est pas mes oignons. Alors démerdez-vous »

« Tu sais pas à qui tu t'adresses là. Quand je veux je te fais paraître dans la rubrique nécrologique. Tu m'as fait perdre de la thune et tu as fait pleurer Candice. Je pense que tu es assez intelligent pour comprendre ce qu'il te reste à faire. »

« Ta pute de luxe, je m'en balance. Tes excuses tu peux te les foutre ou je pense. Pour l'argent

ce n'est pas un problème. Je te le donne, tu te casses, et on fera en sorte de ne plus se revoir. On fait comme ça ? »

Il ne doit pas avoir l'habitude de tomber sur quelqu'un qui n'a pas peur de lui. Ses narines se dilatent, ses yeux deviennent noir et son corps entier semble se crisper. Il est, à juste titre, extrêmement énervé. Je le vois essayer de se contenir au maximum.

« Tu sais pas à qui tu parles là ! Personne ne me parle comme ça, personne ! »

« Toi non plus tu ne sais pas à qui tu parles. Et je parle avec toi comme je parlerais à n'importe quel autre mac du coin. Tu veux de la thune ? J'ai de la thune. Je te donne ce que tu veux et ensuite on reprend notre chemin chacun de notre côté. »

Il semble perdu, décontenancé par mon audace et par ce qui lui apparaît sûrement comme de la bêtise. Pourtant, il se calme doucement.

« Donnes-moi la thune, et que je ne te revois plus ! »

L'échange fait, nous repartons chacun de notre côté, comme convenu.
Heureusement que je ne fais pas dans la pute de luxe, parce que des lascars comme ça j'ai pas envie de me les taper quotidiennement.
Je prend un taxi direction mon hôtel. Arrivé la bas, deux recherches s'imposent : le quartier des aberrations de l'humanité et un local ou faire mes expériences !

Cette ville va tenir toutes ses promesses, j'en suis persuadé. Je sens que je vais encore bien m'amuser, d'autant plus que dans mes recherches est venue s'associer la peur et ses mécanismes. De nouveaux horizons.

~ TRENTE-ET-UNIEME CHAPITRE ~

Point de vue du commissaire

Voilà des mois qu'il n'avait aucune nouvelles de son frère. Ed fulminait, car il savait que William ne se terrait pas tout simplement dans l'ombre. Il savait qu'il agissait quelque part. Mais comment savoir ou ?
Il avait fait des recherches, mais malheureusement, et heureusement pour William, les disparitions de putes et de drogués n'étaient pas ou peu répertoriées. C'était à se cogner la tête contre les murs.
Il avait laissé une bombe dans la nature, et il ne savait même pas ou elle était.
Son frère était quelqu'un de malin, il savait se cacher, changer de style et d'identité. Il savait se faire discret là ou d'autres se seraient déjà fait avoir.
Il avait quand même chargé un de ses jeunes collègues, un petit nouveau, de surveiller les disparitions de ce type dans tout le pays. Si jamais quelqu'un venait à les remarquer. Il ne fallait tout de même rien laisser au hasard.
Ce matin là, il était plongé dans la réflexion.

Tellement que quand il pensa à boire son café, celui-ci était déjà froid. C'est alors qu'il entendit quelqu'un frapper frénétiquement à sa porte.

« Entrez putain, et par pitié arrêtez de faire tant de boucan ! »

C'était la nouvelle recrue. 1M90, 24 ans et un QI proche du bulot. Mais au moins lui n'irait rien moufeter aux autres agents, tellement fier qu'il était d'avoir des responsabilités.

« Commissaire, j'ai trouvé ! »

« Trouvé quoi ? »

« Des disparitions suspectes de prostitués et de SDF ! Une association les recense toutes les semaines et plus ça va, moins ils en voient. Et j'ai même mieux ! »

Le jeune homme voulut laisser un suspens qui énerva le commissaire.

« Craches là ta pastille putain ! »

« Il y a plusieurs descriptions faisant écho d'un

homme qui viendrait régulièrement dans le coin. J'ai tout dans ce dossier. »

« Tu pouvais pas le dire plus tôt ? Donnes moi ça et fout le camp de mon bureau ! »

Le jeune homme lui donna le dossier puis resta planté au milieu de la pièce.

« Tu attends quoi la ? »

« Ben... J'ai réussi la mission que vous m'aviez confiée... »

« Tu attends un merci ? Un félicitations ? Tout ce que tu viens de faire c'est ton putain de boulot!Le boulot pour lequel tu es payé ducon ! Je vais pas te féliciter d'avoir fait ce que tu devais faire non plus ! Mec, si tu veux continuer dans le boulot, ne le fait pas pour les félicitations ou la gloire. Fais le pour la justice, point barre. Maintenant dégage de mon bureau et va t'occuper des animaux perdus ou de ce genre de merde ! »

Le jeune homme baissa la tête et sortit du bureau le plus vite possible. Il attendait un mentor, mais le commissaire n'avait pas le temps pour ces conneries. Il avait un tueur en série à pister.

Il ouvrit le dossier, épais comme un dictionnaire, et se mit à le lire. Plus d'une vingtaine de disparitions, seulement des prostituées ou des drogués, tous dans la même zone. Zone qui était de toutes façons plus ou moins prévue pour accueillir ce genre de « public ». Un homme d'une quarantaine d'années, au physique avantageux, embarquerait ces rebuts régulièrement. Souvent une par une mais parfois plusieurs personnes en même temps. Apparemment, il viendrait tous les 4 ou 5 jours, sauf quand il en prenait plusieurs. La il ne revenait pas avant deux semaines.

« Merde » se dit-il. C'était lui. Les descriptions se contredisaient parfois, mais le commissaire en était sûr : son frère sévissait dans le coin. Et il fallait faire vite. Une vingtaine de victimes, c'est bien assez pour qu'il se lasse et parte ailleurs. Il fallait qu'il monte lui-même un dossier contre son frère pour mobiliser une équipe, à la fois ici et là bas. Pas de temps à perdre.

Cinq heures du matin. Il était cinq heures du matin et il se trouvait dans une vieille bagnole à des centaines de kilomètres de chez lui, à espérer que l'autre se pointe dans le quartier.
Ça faisait trois jours qu'il faisait le pied de grue. Trois putain de jours. La thermos de café presque vide, il essayait de garder l'esprit vif et clair. Mais à surveiller toute cette merde humaine, ça lui foutait la gerbe plutôt qu'autre chose. « Protéger et servir »... Mouais, il y a des personnes qui ne méritent pas d'être protégées. Des personnes qui méritent de mourir, tout simplement parce qu'elles n'ont pas leur place sur cette terre. Sinon pourquoi vivraient-elle dans des espèces de bidon-villes immenses ? Ed avait déjà réfléchi plusieurs fois à la question, mais la réponse restait la même : il fallait débarrasser la terre de ces insultes à l'humanité.
Il n'avait jamais eu le courage ou l'audace de le faire lui même. Il ne trouvait pas ça excitant non plus. Non, ce qui lui plaisait, et ce depuis

tout petit, c'était de regarder. Il avait toujours admiré son frère dans ses recherches, ses tortures, ses éclats de génie. Et ce connard s'était fait la malle !

« Commissaire, une voiture s'approche ! Elle correspond à la description ! »

Son cœur battait de plus en plus fort. L'adrénaline le réveilla aussitôt. Merde, c'était lui bordel !
Il fallait rester professionnel. Calme. Rigoureux. Ne pas se faire remarquer. Et ça, ce n'était pas une mince affaire parce que son frère était capable de l'avoir déjà repéré.
Il fait monter une fille dans sa bagnole. La voiture repart.

« A toutes les unités, le suspect part de la zone, nous le suivons discrètement »

Il n'avait pas été aussi exalté dans son métier depuis des années. Et dire qu'il se tenait à quelques mètres à peine d'un des plus grands tueurs en série que ce pays ait connu. Son petit frère.
La voiture ne roulait pas à vive allure, il respectait les limitations de vitesse, le code de

la route. Il ne devait pas être nerveux. Après tout, c'était son quotidien.

La voiture s'arrêta près d'un petit hangar. L'endroit idéal pour faire disparaître quelqu'un. La fille descendit de la voiture. Le suspect aussi. Et c'est là qu'il le vit.

William Therick, alias l'homme aux cents identités.

Il fallait maintenant le prendre en flagrant délit. Pour cela ils patientèrent plusieurs minutes après que les deux zouaves soient rentrés dans le hangar.

Puis, une fois toutes les unités réunies, il se décidèrent à entrer, Ed en tête.

William était la, bistouri à la main, l'air abasourdi. Apparemment il ne l'avait pas vu venir. Apparemment... Car il pouvait encore avoir des cartes à jouer. La prostituée était effrayée mais n'avait rien. William, lui, resta stoïque quand on lui mit les menottes.

L'endroit ne sentait absolument rien. Tout était aseptisé.

Quand il passa devant lui Ed fixa son frère. Et ce dernier esquissa un sourire, ce qui laissa le commissaire perplexe.

Tel qu'il le connaissait, le petit frère avait

encore des atouts dans sa manche.

~ TRENTE-DEUXIEME CHAPITRE ~

Il m'a eu. Il m'a enfin trouvé. J'aurais pensé que ce serait plus rapide, mais il faut croire qu'ils ne partageaient pas leur QI. Alors me voilà, dans une cellule avec vue sur un mur de crépi dégueulasse, avec un camarade de chambrée bête à manger du foin. Et j'attends. J'attends que l'on m'appelle pour m'interroger. Je me demande si c'est « Monsieur le commissaire » qui le fera, ou si c'est des flics de la ville. Peu importe en réalité, je peux les berner dans les deux cas.

Mais j'aime être ici. Dans la gueule du loup. Il est fascinant de se dire qu'en ce moment même, ils cherchent une façon de me faire avouer. Ce qui est assez drôle finalement.

On m'appelle enfin pour aller me faire interroger. J'avoue que j'attends ce moment avec impatience et délectation.

« Asseyez-vous ici, quelqu'un va arriver. »

La pièce est blanche, la table et les chaises sont vissées au sol. Une grande vitre sans tain orne un des murs. Je sais qu'il y a derrière cette vitre des tas de gens qui veulent voir ma tête tomber. Mais je ne laisserait personne avoir cet honneur. Pas aujourd'hui du moins.

Des pas se font entendre dans le couloir. Puis la porte s'ouvre. Déception, il ne s'agit pas du fringuant commissaire de mon cœur, mais d'un jeune homme qui semble avoir un ego surdimensionné. Très sûr de lui, il traverse la pièce d'un pas assuré, et s'assoit devant moi en souriant.

« Vous savez pourquoi vous êtes ici ? »

« Parce qu'on m'a intimé l'ordre de me rendre jusqu'à cette pièce. Sinon vous pensez bien que je serais resté dans la jolie cellule dans laquelle on m'a mis un peu plus tôt. Le colocataire n'a pas la lumière à tous les étages, mais il faut de tout pour faire un monde n'est-ce pas ? »

« Ne jouez pas au plus malin avec moi. Vous avez été arrêté suite à une agression envers une jeune femme de 23 ans. La pauvre est bouleversée »

« Il y a juste quelque chose qui ne colle pas dans votre histoire. »

« Et je peux savoir de quoi vous parlez ? »

« La jeune femme en question n'est pas blessée, n'a aucune plaie, aucun bleu. Autrement dit, je ne l'ai pas agressée. Qu'elle ait peur de moi est une autre histoire. »

Le jeune homme laisse tomber son sourire de façade et devient tout à coup blanc. Il tente de se ressaisir et me dit :

« Plusieurs témoignages vous décrivent comme la dernière personne ayant été vu autour de 22 disparitions de prostituées et de drogués »

« Et je parie que tous ces témoignages viennent de prostituées et de drogués ? Et que personne n'a exactement la même description ? »

Le jeune homme grommelle, se lève, et part.
Premier round gagné. En forme pour le second.
Un homme plus âgé entre alors. Il à l'air

déterminé à obtenir quelque chose de moi. Il à l'air bien moins prétentieux que son prédécesseur. C'est déjà ça de gagné.

« Vous croyez que nous n'avons rien contre vous, c'est ça ? »

« Éclairez-moi de vos lumières si c'est le cas »

« De lourdes charges pèsent contre vous. Et si votre culpabilité pour l'histoire de la prostituée effrayée n'est pas encore avérée, vous avez déjà été dans un secteur ou le même genre de public à disparu. »

« Vous allez m'inculper parce que j'habite dans des villes qui ne sont pas sûres ? »

« Vous êtes intelligent. Vous savez ce qu'il va se passer. On va vous inculper, et je vais vous dire pourquoi. On va vous inculper car il y a trop de zones d'ombre vous concernant. Trop de choses qui ne peuvent pas se réduire au simple hasard. Beaucoup de gens ont disparu. Beaucoup trop pour qu'on ne fasse rien. »

« Et donc vous prenez le premier venu pour l'accuser de tout ? Elle est belle la justice »

« Vous n'êtes pas le premier venu et vous le savez. Vous êtes... »

« L'obsession du commissaire Therick. Ni plus ni moins. Osez me dire le contraire. Il est sûrement là, derrière cette vitre, à trépigner d'impatience. Il veut que je chute, il veux me voir abdiquer. Mais surtout, il veut me parler. Mais vous ne voulez pas de ça. Il n'est pas dans son secteur. Mais si je peux vous donner un petit conseil... Le laisser me parler pourrait faire avancer les choses. »

Il ne s'attendait pas à celle là. Il se lève, marche en long et en large dans la pièce. Il réfléchit longuement...

« Ok, je vous l'amène »

Et il sort

Deuxième round gagné. Paré pour la suite.

La porte s'ouvre lentement, et c'est là que je le vois enfin. Il semble irritable, épuisé. Comme si il m'avait traqué pendant plusieurs mois. Et c'est sûrement le cas.

« Salut toi,comment tu vas ? »

« Ta gueule »

« Moi aussi je t'aime »

« Je leur ai dit de tous partir. Ce n'est qu'entre toi et moi maintenant »

« Tu comptes me frapper ? Ils le verront tu sais »

« Tu ne vas pas t'en sortir aussi facilement »
« Je te signale que c'est toi qui m'a remis le pied à l'étrier frangin. Tout ça c'est de ta faute. »

« Tu n'avais qu'a rester dans ton putain de labo bordel de merde ! Je te fournissais ce dont tu avais besoin. Tu n'avais rien d'autre à faire que tes putains de recherches »

« Je ne suis pas un putain de rat de laboratoire. Personne ne me contrôle, tu m'entend ? Personne ! »

« Tu t'es trop dispersé. Tout était si simple. »

« Je ne tomberais pas. Et tu le sais. J'ai des choses à régler avant »

« Comme quoi ? »

« Ma femme. Enfin... Ta femme maintenant si j'ai bien compris. J'aimerais en savoir plus. »

Il me regarde dans les yeux immédiatement.

« Tu donnes ta langue au chat ? »

« Arrêtes »

« Tu m'as dit qu'elle était morte, tu m'as montré des photos d'elle après une de mes expériences. Et j'apprends quoi ? Qu'elle est bien vivante, que vous avez deux enfants. Comment tu as réussi ce tour de passe-passe ? Allez, tu me dois bien ça ! »

« La photo... C'était juste une fille qui lui ressemblait beaucoup. Quant à ta femme... Nous étions amants avant que tu ne perdes les pédales. Tu restais enfermé dans le labo, elle avait peur de toi. Je lui ai dit que tu étais dangereux. Les enfants sont arrivés après. Nous nous sommes mariés dès que tu as été déclaré mort. Tout s'est fait assez naturellement. Et on s'aime. »

« Tu lui as dit que j'étais revenu ? »

« Non. Je ne veux pas la perturber. Elle n'a pas besoin de savoir »

« Elle finira par le savoir »

« Pas avec le procès expéditif qui t'attends dans deux jours. L'affaire ne doit pas être ébruitée. Dans deux jours, tu prendras perpét' et tout sera enfin terminé. »

« Dans deux jours je serais reconnu innocent, ça je peux te le promettre. Et tu payeras cher pour ce que tu m'as fait, crois le bien ».

« Ne prend pas la grosse tête. Tu es une pauvre merde. Tu seras traité comme telle. »

Il se lève, se dirige vers la porte puis se retourne vers moi.

« Tant de gâchis frangin. Tout aurait pu être tellement simple. »

Il sort, et je ne peux m'empêcher de sourire.

« Mais ça va être très simple frangin ».

~TRENTE-TROISIEME CHAPITRE~

Il est amusant de savoir que les prisons fournissent la télé et le câble aux prisonniers. Tout ça aux frais de l'état. Et puis j'ai, comme les étudiants, une chambre de neuf mètres carré. Je dispose d'un lit certes vieux mais plutôt confortable. J'aurais eu le droit d'apporter une radio si je voulais, mais je n'en avais pas.

J'ai deux jours avant mon procès, mais je dispose du minium syndical pour me sentir bien. Même mes chiottes sont propres c'est dire !

Bon, je sais bien que toutes les prisons n'ont pas ce niveau de confort mais quand même. Je suis assez étonné qu'on puisse purger sa peine en regardant les dernières séries à la mode.

La bouffe est dégueulasse ceci dit, mais ça reste de la bouffe. Niveau ambiance, tout le monde est tendu. J'ai l'impression que le moindre bruit de pet ferait déborder le niveau d'énervement de chacun. Je baisse la tête et fais en sorte de ne pas me faire trop remarquer. Ce n'est pas le moment de se coltiner des abrutis.

Malgré tout, un colosse s'approche de moi. Presque deux mètres de haut, une centaine de kilos de muscles. Il s'assoit devant moi :

« Dis donc, comment ça se fait que tu viennes pas te présenter au Boss ? »

« Je suppose que c'est vous le Boss ? »

« Bah bien sûr tête de nœud ! »

« »Au temps pour moi alors. Je m'appelle Terry Perez. Je ne suis la que pour deux jours et ensuite je m'en vais. Vous n'aurez pas à me supporter longtemps. »

« Deux jours ? Tu me fais bien rire ! J'en ai vu des comme toi, qui pensent rester pas longtemps parce que le procès arrive vite. Et ben tous ils reviennent la queue entre les jambes ! Pas un, tu m'entend, pas un seul n'a réussi à éviter la broyeuse qu'est la justice. Tu feras ton temps ici. Essayes juste de pas t'allier avec les mauvaises personnes »

« Le Boss... Je ne suis pas comme tous ces petits abrutis qui espèrent que tout ira mieux. Je sais que je sortirais du tribunal libre.

Contrairement aux autres, j'ai l'intelligence d'avoir déjà tout préparé. Pas avec un avocat, non. Juste moi et mon cerveau évolué que tu n'arriverais pas à décrypter, même un tout petit peu. Parce que pour ça il faut plus qu'un gang de prison. Il faut de la jugeote, de l'imagination, de l'intelligence. Alors crois ce que tu veux, et règne sur cette prison tant que tu le veux, mais dans deux jours je n'aurais plus a supporter ta tête d'abruti et ton haleine de phoque »

Je le vois devenir rouge écrevisse. Je me lève lentement de mon banc, je tourne les talons et je commence a avancer. Je l'entend courir derrière moi et lève la jambe au bon moment pour le faire chuter. La chute est assez violente. En effet, en tombant il se prends malencontreusement une des tables, en métal, du self. Quelques dents sautent puis sa tête vient frapper violemment le sol dans un bruit sourd. Le sang coule. Le calme s'invite aux tables. Tout le monde retient son souffle. Certains me regardent mais je n'en ai que faire. Les gardiens se dépêchent de le ramasser et de le sortir du self. Reste une grande tâche de sang et des tas de questions.

« C'est toi qui a fait ça ? » me demande un prisonnier.

« Des personnes chutent tous les jours. Je ne suis en aucun cas responsable de celle-là »

Et c'était vrai. Ce n'est pas moi qui lui ai demandé de me poursuivre, ni de venir me faire la causette. Il a été maître de son destin. Et puis au moins il me foutra la paix.

Toute la journée les gens s'écartent dès que je passe. Les chuchotements se font de plus en plus fréquents et de plus en plus forts. Comme dans une cour de récré en fait. Mais au fond ça m'amuse. Que des gros caïds comme ça aient peur de moi dans ce contexte la est quelque chose de jouissif.
Dire qu'il y a quelques jours encore je m'amusais à expérimenter la douleur avec des gars comme eux. Et la ils me craignent parce qu'ils me soupçonnent de meurtre. Si tant est que l'autre con soit mort.
Il n'aura fallu que quelques heures au directeur de la prison pour me convoquer. Les chuchotements ont donc bien fait leur effet.

« Vous savez pourquoi je vous convoque ? »

« Pour la chute du « Boss » je suppose »

« Exactement. Et pour vous dire que Mr Laurent Opale est décédé suite à ses blessures cet après-midi »

« Opale ? Sérieusement ? Pas étonnant qu'il ait tout fait pour changer de nom. Dur de se faire respecter quand on s'appelle Opale. Sérieusement c'est si drôle ! »

Je n'arrive pas à me retenir de rire. Je pense que c'est un mélange de plein d'émotions diverses et variées de ces derniers jours. Même moi, avec mes multiples identités je n'aurais pas choisi ce nom et ce prénom. Mais surtout ce nom ! Quel caïd que Monsieur Opale !

« Ça vous fait rire qu'un homme soit mort ? »

Je reprend peu à peu mes esprits.

« Non je restais coincé sur le nom, désolé. Mais il est mort, il est mort. Je ne le connaissais pas, je ne peux pas le pleurer »

« Il y a des bruits de couloir vous concernant »

« Parce que vous prêtez attention aux bruits de couloir ? »

« Vous seriez le dernier avec qui il a parlé avant de tomber .Certaines personnes pensent que c'est vous qui l'avez fait tomber. Qu'avez-vous à répondre à ça ? »

« Je crois que vous devriez arrêter d'écouter ce que pensent « certaines personnes ». Il est venu me parler, il s'est énervé et il est tombé. Fin de l'histoire, rien à ajouter. »

« Pourquoi il s'est énervé ? »

« Parce que je n'avais pas peur de lui tout simplement. Alors mettez ça sur la cause d'un accident bête et classez le dossier. Il n'y a rien à creuser par là. Je comprend que ce soit votre boulot de bureaucrate qui vous force à trouver des problèmes là ou il n'y en a pas, mais ici vous pouvez classer l'affaire. »

« Vous n'avez pas peur de grand monde, je me trompe ? »

« Vous ne vous trompez pas »

L'affaire, si tant est que l'on puisse appeler ça une affaire, a été classée comme accident. Le Boss sera enterré dans sa ville natale, et aucun de ses supers copains de prison n'aura le droit d'y aller. Je pensais d'ailleurs être emmerdé par son groupe, mais pas du tout. Personne ne me cherche la merde, tout le monde se méfie de moi. C'est foutrement agréable ! Il me reste un peu plus de 24 heures avant mon procès et je suis plus remonté que jamais.

8h00

On m'embarque dans une voiture direction le tribunal. Je suis serein. Je sais que je vais gagner ce procès. Je le sais car je peux tout démonter, chaque soi-disant preuve, chaque témoignage, chaque description physique. J'ai demandé à être mon propre avocat, pas pour copier le célèbre Ted Bundy, mais parce que je sais que je peux affronter seul ce procès. Tout ne sera que mascarade et je serais vite libre. Bien sûr, il existe une marge d'erreur. Tout est possible. Et je suis paré à toute éventualité de ce côté là.

Mais je compte bien partir libre du tribunal, j'ai encore quelques petites choses à faire avant de tirer ma révérence.

Il n'y a ni journalistes, ni caméras devant le tribunal. Bien sûr ils ne veulent pas créer un engouement de mon côté, ou une vague de haine, de la panique ou que sais-je encore.

Pas de célébrité en vue pour ne pas gonfler mon ego. Si ils me connaissaient ils sauraient que ce que pense le bas peuple de moi je m'en branle complètement.

Dans la salle du tribunal, le silence se fait dès que je pose un pied sur le sol.

Il y a peu de gens : les jurés, la prostituée accompagnée de quelques amis apparemment, mon frangin et l'avocat de la partie civile.

Petit procès donc, mais qu'ils jugent assez important pour faire venir des jurés.

Je m'assois tranquillement à ma place quand le juge arrive. Je ne me lève pas, tant je trouve débile cette espèce de marque de « respect » que l'on doit donner à ce type d'homme. Il n'est ni meilleur ni pire que moi. C'est un homme, avec le même instinct, et les organes à des endroits similaires jusqu'à preuve du contraire. Il me toise tout de même de bas en haut, comme si il me jugeait déjà coupable.

Le juge énonce alors ce qui risque d'être retenu contre moi.

« Monsieur Terry Perez, vous êtes accusé, d'agression et de tentative de meurtre. Que plaidez-vous ? »

« *Non coupable Monsieur le Juge* »

« Vous avez décidé de vous représenter seul, sans l'aide d'un avocat. Est-ce toujours le cas? »

« *Plus que jamais Monsieur le Juge !* »

« Très bien, nous allons commencer par la partie civile. Allez-y Maître. »

« Monsieur Perez, reconnaissez-vous la jeune femme ici présente ? » me demande-t-il en me montrant la pute.

« *Oui Monsieur* »

« Pouvez-vous nous dire dans quel contexte vous l'avez rencontrée ? »

« Disons que j'avais besoin d'assouvir un besoin naturel et que je suis allé directement dans un coin de la ville ou je savais que ce besoin serait satisfait. Cette femme a été la première à approcher de ma voiture alors je lui ai permis d'entrer. »

« Qu'attendiez-vous d'elle à ce moment là ? »

C'est pas possible il est bête à manger du foin celui-là.

« Ce qu'on attend d'une prostituée. Du sexe payant et récréatif. »

« Pourquoi l'avoir amenée dans ce... cet endroit étrange... D'ailleurs quel est ce lieu ? »

« Un mot : tranquillité. Et pour l'endroit, j'aime jouer les petits chimistes alors j'ai un peu investi dans ma passion. Il est certain que ça peut paraître étrange, je vous comprend, mais c'est totalement inoffensif »

« Ma cliente a pourtant eu peur quand elle a vu cet endroit, non ? »

« Oui, c'est vrai. Mais comme je vous l'ai dit ça peut paraître étrange, alors il est normal qu'elle ai eu peur. Après tout dans son métier elle doit voir des psychopathes de temps en temps et s'être persuadée qu'elle faisait face à un autre. C'est tout à fait normal. »

« Quand on vous a retrouvé, vous aviez un bistouri à la main, proche du visage de la victime. Comment expliquez-vous cela ? »

« Encore une fois, je joue au petit chimiste et je lui montrait les outils avec lesquels je bossais pour la détendre un peu. Cela n'a pas vraiment fonctionné mais j'ai au moins essayé quelque chose »

« De nombreux témoignages disent que vous venez souvent dans ce quartier mais que les personnes montant dans votre voiture ne rentrent jamais »

« Oui j'ai lu vos « témoignages », tous venus de SDF et de drogués du quartier. La plupart se contredisent, certains disent que je suis noir, d'autres que ma voiture est blanche, ou encore que je parle allemand... Je suis désolé de vous le dire, Maître, mais vos témoignages

ne valent pas un clou.Déjà parce que vos témoins sont camés H24, et aussi parce qu'ils voient passer des centaines de voitures par jour, comment voulez-vous qu'ils se rappellent de moi ou des gens qui entrent dans ma voiture ? »

L'avocat est cloué sur place. Essayer de me foutre toutes les autres disparitions sur le dos, même si c'est vrai, c'était osé il faut le dire. Mais c'est osé si on a matière à argumentation. Hors là, il n'a rien.

C'est alors qu'il appelle à la barre la pute.

« Mlle Céleste Philidor, pouvez-vous nous raconter la soirée de votre agression ?

« Oui... Je suis partie de chez moi à la va vite parce qu'une de mes colocataire m'en voulait d'avoir bousillé son fer à friser. Et croyez-moi, faut pas l'énerver. Ensuite je suis arrivée sur mon trottoir habituel, non sans faire la bise aux copines avant. »

« Et ensuite, que s'est-il passé ? »

« J'ai enchaîné deux-trois clients qui avaient

juste le blé pour une pipe. J'attendais un peu ma poule aux œufs d'or. Et c'est là qu'il a débarqué. »

« Quand vous dites « il », vous parlez de qui ? Montrez le dans la salle. «

Évidemment elle me pointe du doigt.

« Bien, ensuite, comment ça s'est passé ? »

« Je suis montée dans sa voiture et il m'a demandé si il pouvait me montrer quelque chose. Il avait l'air un peu malsain mais j'ai dit oui. J'avais besoin de blé ! On est arrivé dans son labo qui puait la mort, et la il m'a installée sur un fauteuil, genre fauteuil de gynéco, il a fermé la porte à clefs, il a sorti un scalpel et il m'a dit « On va bien s'amuser ». Et c'est là que les flics sont arrivés. Heureusement parce que j'avais la trouille. »

« Je n'ai plus rien à demander votre honneur »

C'est à mon tour.

« Céleste, puis-je vous appeler ainsi ? » Elle hoche la tête.

« Ce fameux soir, comme je l'ai expliqué, je voulais juste assouvir un besoin naturel et vous êtes venue vers moi directement n'est-ce pas ? »

« Oui »

« Je vous ai dit que je voulais vous montrer quelque chose, ce qui est vrai d'ailleurs, je vous ai bien montré mon labo et mes outils, n'est-ce pas ? »

« Oui... Mais le ton employé... Enfin la façon de dire... »

« J'avais probablement l'air un peu trop euphorique, mais je l'ai déjà dit, je suis passionné par la science, et je suis assez solitaire alors j'aime partager cette passion tant que je le peux. Est-ce que à un seul moment j'ai proféré une menace ? »

« Non mais... »

« Quelque chose à retenu mon attention dans votre témoignage précédent. Vous m'avez suivi parce que, je cire « J'avais besoin de blé ! ».

Cette affaire est blindée de malentendus et de choses inexactes, mais vous savez une chose : ce genre d'affaire ça ramène du blé, et souvent beaucoup !
Est-ce que vous ne seriez pas ici pour gagner assez d'argent pour être confortable quelques années ? »

« Objection votre honneur ! Il la manipule pour lui faire dire ce qu'il veut »

« Objection rejetée ! Répondez mademoiselle.

Elle regarde le jury, son avocat, ses amies, puis moi. Elle déglutit difficilement et finit par dire :

« Oui... J'ai besoin d'argent vous comprenez... »

Le jurés furent très rapides à prendre leur décision. Non coupable. En sortant du tribunal, je vois mon frère, fumant de rage.

« On se reverra bientôt mon petit poulet »

~ TRENTE-QUATRIEME CHAPITRE ~

Ressortir libre de ce tribunal, au nez et à la barbe du frangin, me laisse un doux sentiment de victoire et de liberté. Ho je n'ai pas gagné la guerre. J'ai seulement gagné une bataille importante.

Je sais qu'il va me suivre partout ou j'irais, me traquer jusqu'à ce que je fasse « l'erreur ultime », celle qui m'enverra au trou pour de bon.

Mais ce qu'il ne semble pas comprendre, c'est que je suis quelqu'un d'intelligent. Je suis quelqu'un de prudent, d'observateur, et je saurais le repérer de loin. De plus, je ne vais pas me faire coincer aussi bêtement.

L'erreur qui a été faite finalement, c'est de refuser que le procès soit public. Si il l'avait été, nombreux auraient été les gens à me reconnaître et à me signaler aux autorités. Parce que, même libre et acquitté, même accusé de l'agression d'une pute et pas d'une personne normale, les gens ont toujours peur et se font des films ou chaque personne accusée d'agression, même à tort, pourrait leur faire

énormément de mal. La peur contrôle nos instincts les plus primitifs. Elle gagne sur la plupart des autres sentiments.
Mais non, le procès n'était pas public. Et il se prive donc d'une importante source d'information, même brouillonne.

Pendant plusieurs jours, je le vois, coincé dans une toute petite bagnole, dans ma petite rue, proche de l'appartement que l'on m'avait trouvé à la sortie de l'hôpital psychiatrique, et que j'ai décidé de reprendre. Cette maison m'aura connu amnésique, effrayé, incertain, songeur et elle me retrouve décidé, sûr de moi, plein d'entrain. Elle aura été le commencement et la finalité de cette folle histoire finalement.
Je me surprend à retourner chez le fleuriste et chez le boulanger. Je sais que je ne dupe personne. Je sais que je ne le dupe pas. Je ne vais pas me construire une petite vie rangée. Plutôt crever que de vivre comme ça tous les jours. Métro, boulot, dodo... Des gens qui bossent pour payer l'emprunt sur vingt ans de leur baraque dont ils ne pourront profiter qu'à la retraite. Pitié, c'est d'un déprimant, j'en chialerais presque. Je le fouterais plutôt deux bonnes claques à chacun pour les réveiller. Merde, on te donne le cadeau de la vie, et toi

tu ne fais rien pour honorer ce cadeau à part te confiner dans une routine rassurante ? La vie doit avoir le goût doux-amer du danger. La vie a besoin de piquant, de voyages, d'expériences, d'avancées ! Pourquoi est-ce que j'ai l'impression de ne croiser que des demeurés drogués à un travail ou ils sont remplaçables tout ça pour payer les couches et les crayons des mioches qu'ils ont conçus et élèveront sur le même modèle ? Les gens me dégoûtent. Mais si ils ont le sentiment d'être heureux, alors grand bien leur fasse. Mais jamais, ho grand jamais, on ne me mettra dans le même moule qu'eux. Et il le sait bien. Et c'est pour ça qu'il m'observe en continu. C'est pour ça qu'il me traque. Mais n'est pas traqué qui croit.

Deux semaines se sont passées. Il me regarde toujours faire ma mascarade et doit, je l'espère pour lui, savoir que je l'ai déjà repéré depuis longtemps. Ce qu'il ne sait pas en revanche, c'est que j'ai beaucoup de boulot en ce moment. Mes recherches sont toujours ma priorité. Je lis et relis mes premiers écrits, ceux qui m'avaient si chamboulé la première fois. Je lis mes derniers comptes-rendus, beaucoup plus clairs, beaucoup plus précis. Je me suis donc amélioré avec le temps et c'est une bonne chose.

Le bon côté d'avoir été un grand voyageur est que je me suis fait pas mal de contacts dans divers milieux. Il est important d'avoir toujours des cartes en main en cas de pépin, un plan B.
Et mon plan B n'allait pas tarder à se mettre en place. Quand on connaît les bonnes personnes, tout est possible. Le meilleur comme le pire. Et je suis capable des deux. Le frangin dans sa bagnole doit attendre avec impatience que je sorte de cette putain de rue pour avoir enfin de l'action. Mais si lui attend que je vienne au plan, il ne se doute pas que le plan viendra à moi sans même qu'il puisse s'en rendre compte. C'est triste de se dire que sa vie se résume à attendre que son frère fasse une connerie. Lui qui aimait tellement me regarder. Lui qui éprouvait du plaisir à me voir retirer des vies après avoir engendré de la douleur, du sang, des larmes. Lui qui se paluche certainement parfois avec tous ces souvenirs engrangés dans sa mémoire.
Mais le lien que nous avions autrefois n'est plus le même. Cette cave ou il me cachait pour mieux me contrôler n'existe plus. Je suis hors de son contrôle désormais. Et c'est pour ça qu'il est dans cette voiture. Si il arrive à

m'arrêter, alors il me contrôlera de nouveau. Il à ce besoin de pouvoir- pas étonnant qu'il soit devenu flic- qui le ronge de l'intérieur. Et j'étais sa poupée de chiffon, trop absorbé dans mes recherches pour m'en rendre compte.
Mais aujourd'hui le vent à tourné. C'est moi qui ait le contrôle. Et je compte bien le garder.

Deux semaines se sont encore écoulées. Mais deux semaines prolifiques ! J'ai encore beaucoup travaillé, mais le projet est fini, prêt à l'emploi. Je crois qu'il est temps d'aller saluer mon voisin de palier.
Je marche vers la voiture, et je le vois se redresser d'un seul coup. Il ouvre sa vitre.

« Bonjour frangin, pas trop mal au dos à rester la H24 ? »

« Bordel mais t'en a mis du temps à venir me voir ! »

« Je te manques tant que ça ? »

« Tu sais très bien ce que je veux dire. J'ai pas été franchement discret et t'en a rien à branler »

« Loin de moi l'idée d'empêcher un homme de loi de faire son travail. »

Il sort de sa voiture.

« Ta gueule »

« Viens boire un verre à la maison, les fauteuils raviront ton cul endolori »

Sans se faire prier, il me suis jusque chez moi et investit le canapé.

« Tu veux quelque chose à boire ? »

« De l'eau du robinet »

« Monsieur a des goûts de luxe »

« Monsieur est prudent surtout. Et reste dans mon champ de vision »

« Quel intérêt j'aurais à te faire du mal?Tu l'as entendu par les jurés, je suis innocent. Blanc comme neige ! »

« Arrête de te la jouer cul béni parce que je

vais me barrer vite fait »

Je reviens vers le canapé, pose le verre sur la table basse.

« Tu vas faire une erreur. Tu n'es pas infaillible. Je t'aurais. »

« Je pense que tu te fatigue pour rien. Ne fais plus attention à moi. Trouves un autre joujou. »

« Tu as tué des centaines de personnes... »

« Pour la plupart fournies par toi »

« Tu es un témoin et un coupable gênant. Tu es dangereux, autant pour les autres que pour moi. Tu es incontrôla... »

Je ne lui laisse pas le temps de finir sa phrase. La seringue enfoncée dans le cou, il est comme paralysé.
Les recherches que je menais apparemment sur des personnes vivantes que je droguais m'étaient revenues en tête. Si je n'avais pas réussi une seule fois à obtenir quelque chose de stable, c'est parce que j'étais seul à m'en

occuper, et que j'étais trop impatient.

Dans chaque ville ou je suis allé, j'ai veillé à chercher des « chimistes » qui pourraient m'aider à stabiliser la formule que j'avais déjà, et à la rendre efficace. N'ayant reçu, par le fleuriste, lui aussi « chimiste » la version finale que depuis deux semaines, je n'avais pas eu l'occasion de le tester sur un être humain. Maintenant c'est chose faite. Et j'ai hâte de voir ce que ça va donner.

Lui qui pensait tout contrôler et avoir pensé à tout se retrouve, presque amorphe, à être poussé par moi vers sa bagnole. Bien sur, je le met côté passager, j'attache sa ceinture et fais de même une fois installé du côté conducteur. Il ne sait pas encore ce qui l'attend, mais ça ne saurait tarder.

Je suis sur un nuage. Mon plan est en train de se dérouler comme prévu. Le frangin commence à émerger, lui même dans son propre nuage. Beaucoup plus trouble que le mien.

« Alors c'est maintenant qu'on ouvre grand les esgourdes et qu'on essaye de bien tout comprendre, ok ? »
Il me fait un signe de la tête.

« Quand on y sera, tu feras absolument tout ce que je te demande, jusqu'au bout et sans poser de questions, d'accord ?
Il me refait un signe de la tête.
C'est pas comme ça qu'on aura une conversation mais c'est déjà un début.

Nous voici arrivés à bon port. Je connais cet endroit. J'en ai comme un souvenir lointain, impossible à retenir. Mais je suis déjà venu ici plusieurs fois, j'en suis certain.
Je sors, et aide Ed à sortir lui aussi de la voiture. Je m'approche de la porte quand cette dernière s'ouvre, laissant apparaître l'une des plus belles créatures qu'il m'ait été donné de voir. Ma femme. Enfin sa femme désormais.

« William ?!? Mon Dieu mais je croyais que tu étais mort ! Merde Ed... Ed, qu'est-ce que tu as ? Qu'est-ce qu'il se passe ici ? »

« Il se passe, ma jolie, qu'on ne m'efface pas comme ça de sa vie. Et que ton cher mari est sous mon contrôle. Il fera tout ce que je lui dirais. Absolument tout. »

Je la vois frémir.

« Je vais appeler la police ! » balbutie-t-elle en tremblant.

« Ils ne seront pas assez rapides. Et je ne t'en laisserait pas le temps »

Quelques secondes passent dans une tension presque impossible à supporter.

« Ed. Prend la hache près du mur. Et tue la avec. MAINTENANT ! »

Elle hurle, court à l'intérieur, mais il est plus rapide. Tel un éclair il prend la hache et s'engouffre dans la maison. Elle n'a même pas le temps de prendre le téléphone.
J'entre à mon tour et le vois asséner des coups d'une violence extrême envers la femme qu'il aime le plus au monde.
Le sang gicle partout, les cris envahissent l'espace. Elle rampe, comme si cela lui suffirait pour échapper à son mari, mais ce dernier n'est que violence, torture et barbarie. Il l'observe souffrir, et c'est la que je le reconnaît bien. Il voit sa douleur, sa peur. Il sent sa détresse dans le regard. Il prend le temps qu'il faut pour observer le tableau. Et là,

d'un coup d'un seul, il assène un dernier coup de hache, celui qui coupe la tête de sa bien aimée. Il la prend par les cheveux et la pose dans la cuisine.

Il me regarde alors. Sans savoir quoi faire d'autre. Il attend mes consignes.

« Tes enfants doivent s'être terrés quelque part. Trouve les. Tue les. »

Ses vêtements remplis du sang de son épouse, il monte les escaliers le plus naturellement du monde pour chercher ses enfants. Je le suis de près, je ne me retrouve maintenant dans le rôle qu'il avait avant : je regarde.
Il cherche ses deux merveilleux bambins. D'après les photos au mur ils ne doivent avoir respectivement que quatre et six ans je dirais. Après je ne suis pas un pro des enfants.
Sans prévenir, le plus âgé des gamins déboule dans le couloir.

« Papa, pourquoi maman criait ? Pourquoi t'as plein de sang ? Et c'est qui lui ? »

Ed ne s'embarrasse pas de réponse. Il sort simplement de sa poche un couteau en céramique, certainement pris dans la cuisine avant de monter et assène une bonne vingtaine de coup dans le si petit corps de ce garçon de six ans. Le gamin tombe au sol, inerte. Il est mort. Lionel récupére sa hache et lui coupe la tête pour la mettre sur la table de chevet de son fils. Aucune idée de la raison de cet espèce de fétichisme des têtes coupées, mais bon, qui suis-je pour juger ?

« Encore un. Encore un et ce sera terminé »

Il ne fallait pas perdre de temps. Il se mit donc dans une recherche effrénée pour retrouver sa petite fille. A mi-chemin dans le couloir, nous entendons des pleurs. La gamine s'est logée dans l'armoire de ses parents. Son père ne prit pas de manière et la prit par le bras avant de la jeter sur le lit. Le petite hurle et pleure de toutes ses forces. C'est sûrement pour ça qu'il choisit l'oreiller pour la tuer. La faire taire enfin. La petite fille se débat aussi fort que possible, mais en quelques minutes elle vient compléter la collection de têtes de son papa.

« Ed, tu vas rester la, tu vas rester dans ton canapé, et tu vas appeler la police. Et tu ne me mentionnera pas. »

Je vais pour partir, mais j'ai encore quelque chose à lui dire.

« Tu pensais pouvoir te venger de moi mais je t'ai eu à ton propre jeu. Ne sous-estime jamais le pouvoir et l'intelligence d'un tueur en série. Enfin, même si tu en es un maintenant ».

~ EPILOGUE ~

Quand les policiers sont arrivés chez Ed, ils n'arrivaient pas à croire à ce qu'ils voyaient.
Ed reprenait ses esprits petit à petit, avec sa hache à la main, près du corps décapité de sa femme. Ils eurent la nausée quand ils découvrirent les têtes coupées et le sort réservé aux enfants.
Ils ne pouvaient pas imaginer que leur propre chef, le commissaire, puisse être capable d'un tel acte. C'était si violent qu'ils ne savaient même pas tout à fait quoi faire des corps et du commissaire.

Quand il eut retrouvé ses esprits, il dit aux policiers qu'on l'avait drogué, qu'il n'avait pas fait ça consciemment. Il n'avait pas encore réalisé l'ampleur de ses actes, l'adrénaline coulant encore dans ses veines. Ce qu'il ne savait pas, et que la prise de sang lui apprit, c'est que cette drogue est indécelable dans le corps.

C'est à ce moment là qu'il péta un plomb. Qu'il réalisa ce qu'il avait fait à sa femme et ses deux enfants. L'horreur lui apparut au visage. Il ne pouvait pas concevoir que tout cela soit réel.

Au procès, il tenta de plaider la folie. Malheureusement pour lui, il était connu pour être un commissaire exemplaire, avec une famille exemplaire et qui était toujours d'humeur égale. Il savait prendre de la distance face aux affaires les plus sombres.

Il fut condamné à une peine de prison à perpétuité. Pour chaque crime.

Moi dans tout ça, et après avoir suivi les péripéties de mon désormais illustre grand frère, je compte changer de sujet d'étude. Je pense que j'ai fait le tour de ce que j'avais besoin de savoir sur la douleur et la peur.
D'autres aventures m'attendent.